LA POÉSIE

DES ENFANTS

Par Mme DANAIS-ROLLINAT

CHATEAUROUX

TYPOGRAPHIE ET LITHOGRAPHIE Ve MIGNÉ

—

1869

LA POÉSIE DES ENFANTS.

LA POÉSIE

DES ENFANTS

Par Mme DANAIS-ROLLINAT

CHATEAUROUX

TYPOGRAPHIE ET LITHOGRAPHIE Ve MIGNÉ

—

1869

PRÉFACE

—

L'auteur de ce recueil, dont les connaissances sont aussi variées qu'étendues, n'a pas craint de descendre des hauteurs de la science pour répéter ces mots du divin Pasteur : « *Laissez venir à moi les petits enfants.* »

Certes, celui qui n'a jamais vu un berceau sans reculer d'effroi, ne saurait apprécier ces pages. Il faut vivre au milieu des enfants pour les comprendre et les aimer. Mme Danais leur a consacré sa vie dans plusieurs parties de l'Europe ; aussi s'est-elle souvenue d'eux aux jours de regrets et de solitude. Ce fut comme allégement à une douleur trop justifiée que son cœur lui dicta ce livre. Quelle poésie pourrait encore désarmer l'indifférence publique, si ce n'est celle des enfants ? Qui de nous ne possède autour de soi quelques-unes de ces plantes délicates dont la culture réclame nos soins les plus éclairés, afin que nul mélange funeste ne se mêle à leurs doux parfums. Quelles que soient les satisfactions de l'égoïsme et de l'ambition, ceux qui n'ont pas vu éclore quelques-uns des chérubins qui nous font revivre, ignorent un des plus doux charmes de l'existence.

Offrir une morale saine, instruire en récréant, tel est le but de ce recueil qui reproduit toutes les

phases de la vie enfantine. Voici le matin : L'aube
sourit à peine au ciel que déjà l'enfant sourit à sa
mère ; comme les oiseaux, il s'éveille en gazouillant,
parle des petits anges auxquels il a rêvé, et d'une
voix naïve balbutie sa première prière à Dieu ; puis,
deux petits bras enlacent votre cou et vous ne savez
où déposer le plus de baisers, sur la tête blonde ou
les joues roses. Le soir on se retrouve au foyer :
C'est l'heure du repos et du recueillement. L'enfant
la charme comme au lever du jour, en montrant
déjà par ses réparties et sa mémoire le degré de son
intelligence et ses natives propensions. C'est alors
qu'il importe de séparer le bon grain de l'ivraie et
de ne jeter dans cette âme qui s'éveille que des
semences généreuses.

Madame Danais ne pouvait manquer de réussir
dans cette tâche délicate. Elle ne présente aux
lèvres enfantines qu'un breuvage limpide et pur ; les
diamants qu'elle veut inscruter dans ces cœurs, se
nomment : vertu, justice, bonté, dévouement ! Certes,
voilà un écrin qui en vaut bien un autre et que le
vrai sage préfèrera toujours à ceux du golfe Persique
ou de Golconde.

Grâce donc pour ce petit trésor des enfants ! Que
la main qui leur jette ces fleurs modestes n'ait pas à
redouter l'indifférence et l'apathie.

Martial PALAND.

AVANT-PROPOS

—

J'ai écrit ce petit volume, sans aucune prétention, pour trouver dans un travail d'esprit quelques instants d'apaisement à de grandes douleurs. Je le dédie aux enfants. Je me suis flattée de l'espoir qu'ils liraient mes vers avec autant de plaisir que la prose, et j'aime à voir de bonne heure, sur leurs lèvres, cette forme épurée du langage. Les préoccupations industrielles et matérielles du siècle étouffent assez vite le goût de la poésie, parfumons-en du moins l'enfance. Je n'oublie pas que le génie et les talents les plus éminents l'ont abondamment pourvue ; mais un petit ouvrage de plus peut trouver place et se glisser comme une fleur modeste à travers ces joyaux étincelants. Si j'obtiens de l'enfant parfois un sourire, si j'éveille dans son cœur un peu d'attendrissement et d'affection, j'aurai recueilli le plus doux prix de mes efforts. Ce sont des feuilles éparses tombées d'un arbre que le vent d'hiver a déjà courbé. La seule pièce qui ne soit pas destinée aux enfants me servira de préface !

Je la dédie aux mères.

———

INTRODUCTION.

LA MÈRE.

Mon enfant, disait Blanche à son fils saint Louis,
J'aimerais mieux ta mort que voir souiller ton âme ;
Pour toi, pour ton bonheur, si tout mon cœur s'enflamme,
C'est la gloire des saints, des anges éblouis,
Dans la splendeur de Dieu que mon amour réclame.

Saint amour maternel ! ton aspiration
Veut s'élever plus haut qu'au bonheur éphémère,
Et t'emporte au-dessus des splendeurs de la terre,
A l'Éternel foyer de la dilection.
Le chef-d'œuvre de Dieu, c'est le cœur d'une mère !

Ce n'est pas seulement pour l'enfant faible et nu ;
La tendresse infinie , instinct de la nature,
Qui toutes vous dévoue à votre créature ,
Liée à votre vie et , mystère inconnu ,
Puisant à votre sein sa douce nourriture.

Ineffable trésor, qu'un rien pourrait briser !
Toute blanche en vos bras , douce petite chose ,
S'animant par degrés , comme un bouton de rose ,
Comme l'aimant, le fer, attirant le baiser ,
Riant aux chérubins sous sa paupière close.

Et ce n'est pas encor le saint ravissement
De ces premiers souris que pour vous seul il donne ,
La douce pression de sa main si mignonne ,
De quelque nom bien cher, premier balbutiement,
Sous la goutte de lait qui lui semble si bonne !

Du gracieux sommeil, l'âme s'éveille enfin :
C'est l'aurore du jour pour cette intelligence ;
L'amour est son flambeau, son guide , patience !
Par elle, vous tenez en vos mains son destin ;
Il vous a dû la vie, il vous doit sa puissance.

C'est l'âme qu'il faut rendre aux mains du Créateur !
Cette essence du ciel à vos soins est remise ;
Cette fleur délicate à tous les vents soumise ,
Vous voulez, l'abritant au fond de votre cœur,
Que nul conctact impur ne la souille ou la brise ;

Vous la voulez sans tache, et de cette splendeur,
Comme d'un joyau pur, votre front s'illumine ;
Jusque dans ses replis , votre regard devine

De la perfection la calme profondeur,
Et l'orgueil maternel en a la foi divine !

Quand une ombre obscurcit votre rêve si doux,
Quel effroi, quels tourments subit votre tendresse !
Tels on peint de Rama les cris et la détresse,
Plus de joie et d'orgueil, plus de bonheur pour vous !
Votre cœur semble battre à regret, tout l'oppresse.

Un instant seulement, Dieu vous soutient encor ;
Le maternel espoir est courageux, vivace...
Bientôt l'anxiété ne laisse plus de trace.
La mère sait changer le plus vif plomb en or ;
Peut-il être un danger qu'une mère n'efface !

Rien ne saurait lasser son sublime travail ;
C'est pour elle surtout la sainte parabole,
De l'enfant égaré... qu'une douce parole,
Fêtes, embrassements, accueillent au bercail !
Dans sa douceur suprême, il n'est rien de frivole.

Elle eut fait plus encore et n'eut pas attendu ;
On l'aurait vue errer sur les monts, dans les plaines,
Et rapporter, après tant de courses lointaines,
Sur son sein déchiré, son doux agneau perdu,
Par ses brûlants baisers tarir fautes et peines.

Plus aimé que le juste est le pécheur contrit,
Nous dit le divin Maître... Ah ! c'est donc une mère !
Si la brebis perdue est pour lui la plus chère,
Pour un coupable enfant, plus la mère souffrit,
Plus sa dilection est à lui tout entière.

On veut pour son enfant tout ce qui peut charmer :
Le talent et l'esprit, le bonheur et la gloire,
L'honneur, un nom fameux, des plus purs de l'histoire ;
Excusez cet orgueil : cet orgueil, c'est aimer !
Comme le saint pardon de si douce mémoire.

On veut que la science et l'art et la vertu,
Fassent de son idole un éminent prodige ;
Pour ce front adoré, des lauriers ; mais que dis-je ?
Une couronne aussi, prix lutté, combattu,
Et comme aux temps passés, noblesse : amour oblige !

Que succède ce cri dont nous parle le Christ,
Au cri de la douleur : Je suis mère d'un homme !
Et des bienfaits de Dieu, j'ai savouré la somme,
Comme Lœtitia, Monique, *Fidès List :*
Dans un rayonnement, mon œuvre se consomme.

Bonheur, gloire, plaisir, tout nous fuit ici-bas ;
La coupe de la vie est pleine d'amertume !
Triomphe, orgueil, désirs, vœux que le temps consume ;
Espoirs, rayonnements que voile le trépas,
Vous vous engloutissez comme des flots, l'écume !

La joie a son tribut à rendre à la douleur ;
Il est d'autant plus dur qu'elle fut plus complète,
A tant d'anxiétés que la mère est sujette !
Elle seule connaît le brisement du cœur,
Quand de son cher enfant la mort fait la conquête.

Ce cœur qui vous devait la vie est arrêté ;
Le vôtre bat encor... ô douloureux mystère !...

Il faut perdre un enfant pour sentir qu'on est mère,
Dans toute sa grandeur, toute sa dignité ;
Mère comme Marie au sommet du Calvaire !

Ah ! vous êtes alors le prêtre du Très-Haut !
A cette chère hostie, au mortel sacrifice,
Auteur de l'existence, es-tu doux et propice ?
La suprême douleur est donc ce qu'il te faut ?
Notre sang le plus pur dans notre amer calice !...

LA POÉSIE

DES ENFANTS.

—

LA PRIÈRE DE L'ENFANT.

Votre âme s'est-elle attendrie
Au matin lever d'un beau jour,
Quand le soleil sur la prairie
Donne un premier rayon d'amour ?

Avez-vous suivi sur la treille
Le papillon étincelant ?
Entendu le nid qui s'éveille
En son ramage ravissant ?

Ou le murmure de la source,
Caresser de son frais cristal,
La jeune fleur qui dans sa course
Lui rend un baiser virginal.

Avez-vous vu courir l'étoile
Traçant un sillon lumineux ?
Avez-vous vu filer la toile
Pour la Vierge des bienheureux ?

Diaphane et chaste lumière,
L'astre des nuits en voile blanc ?...
Rien n'est plus doux que la prière
De la bouche d'un jeune enfant.

C'est de cette lèvre rosée
Que monte au ciel un élan pur,
Qui nous ramène la rosée,
Le soleil sur le monde obscur.

Ce n'est pas la plainte douteuse,
Le sanglot amer du pécheur,
C'est de l'âme candide, heureuse,
L'amour et le parfum du cœur.

Il est si près de la patrie ;
Sa voix parle d'autorité,
Comme pour la mère chérie,
Le bégaiement est la clarté.

Jamais la brise sur la mousse,
Jamais l'oiseau qui vient chanter,
N'a rendu musique aussi douce ;
L'ange se tait pour l'écouter.

Que sont les efforts du génie !
Que sont les regrets et les pleurs !
Contre ces mots : Jésus ! Marie !
Sortis de ces bons petits cœurs !

Prie enfant ! Que ta voix implore !
Écarte de nous les fléaux !
A ton accent, l'épi se dore,
Le fruit mûrit sur les coteaux.

A cause de ton innocence,
Tes petits bras levés au ciel
Obtiennent de Dieu la Clémence,
Suspendent le glaive éternel !

C'est par toi que le ciel sourie,
Que les nuages fécondants
Viennent arroser la prairie
Desséchée aux souffles brûlants.

C'est toi qui fais verdir la plaine,
Bondir l'agneau, s'ouvrir la fleur ;
Toi dont la grâce souveraine
Séduit Dieu, nous gagne son cœur.

Sans cette prière féconde,
Que seraient nos soins superflus !
Ah ! nous aurions la fin du monde
Si les enfants ne priaient plus !

LES JEUX DE JÉSUS.

Celui qui vint sauver la terre
Fut petit enfant comme vous,
Caressant pour sa bonne mère,
A saint Joseph soumis et doux.

Dans la Judée, on sait la trace
De ses petits pas chancelants,
Quand il allait, rempli de grâce,
Jouer avec d'autres enfants.

Mais ces bambins pleins d'allégresse,
Sentant que le ciel avait lui,
N'avaient pour Jésus que caresse ;
Il portait l'amour avec lui.

Toutes les grâces de l'enfance
Et toutes les bontés du cœur
Étaient jointes à la puissance,
Aux vertus du libérateur.

Souvent on vit dans le feuillage
De beaux anges venir le soir,
Contempler leurs jeux sous l'ombrage
Et près d'eux descendre s'asseoir.

Quel tableau que leurs exercices !
Un Dieu, des anges, des enfants !
Quelles ont été les délices
De tous ces êtres si charmants !

Plus tard, il croissait en sagesse,
Au Temple enseigna les docteurs ;
Sur la croix prit notre détresse,
A son Père offrit ses douleurs !

Mais s'il remporta la victoire,
Et de l'Enfer fut triomphant,
Il a conservé dans sa gloire
Sa préférence pour l'enfant !

L'ANGE GARDIEN.

Le jour de votre naissance,
Enfants, Dieu met près de vous
Une céleste puissance,
Un ami fidèle et doux.

C'est cet Ange à l'aile blanche,
Qui vous veille nuit et jour ;
Sur votre berceau se penche,
Vous sourit avec amour.

Il vous suit comme votre ombre ;
Il guide vos petits pas,
Et, dans vos chutes sans nombre,
Vous relève dans ses bras.

Quand votre douce prière
Monte vers le Créateur,
Ce bel Ange de lumière
La lui porte sur son cœur.

Ses caresses vous effleurent
Quand vos traits sont souriants ;
Mais, hélas! ses beaux yeux pleurent
Lorsque vous êtes méchants.

De peur que Dieu vous punisse,
Vous ôte du rang des saints,
Pour désarmer sa justice,
Il joint ses petites mains.

Un ami, c'est un modèle
Qu'on veut toujours imiter ;
Suivez-le bien sous son aile,
Gardez-vous de l'attrister.

Soumis toute votre vie
A sa pieuse leçon,
Que votre âme, à son envie,
Soit pure et votre cœur bon.

Toujours guidés par son zèle,
Le dernier jour finira ;
Il vous prendra sur son aile,
Aux cieux il vous conduira.

L'ANGE CONSOLATEUR.

A Eugénii.

Il est un Ange au doux sourire,
Qui calme l'amère douleur !
Au fond de notre âme, il sait lire ;
La pitié dans ses yeux respire :
C'est notre Ange consolateur !

Il peut panser toute blessure ;
Il endort le plus noir chagrin ;
Dans les maux que notre âme endure,
Caressés sous son aile pure,
Nous fait reposer sur son sein.

C'est lui qui consola Marie,
Qui soutint le cœur de Jésus !
Le brave mort pour la patrie,
Bien loin de sa mère chérie,
Qu'ici bas, il ne verra plus !...

C'est lui qui recueille une larme
Dans une coupe de saphir,
Pour l'offrir à Dieu qu'il désarme ;
Et sa grâce encore nous charme
Jusqu'à notre dernier soupir.

Lui , qui donne la force aux saintes ,
Aux martyres, aux confesseurs ;
Qui, de ses deux belles mains jointes,
Dépose aux pieds de Dieu nos plaintes,
Comme les perles de nos cœurs.

On dit que souvent sur la terre
Il a pris les traits d'un enfant,
Pour adoucir la peine amère...
La douleur d'une pauvre mère
Pleurant la mort d'un fils absent.

Ceux d'une sœur compatissante
Assise au chevet du blessé...,
D'une souveraine puissante,
Dont la main s'étend bienfaisante
Sur le pauvre et le délaissé.

NOTRE-DAME DES ENFANTS.

Allons porter une couronne
A Notre-Dame des enfants ;
Elle est si douce, elle est si bonne !
Que son regard sur nous rayonne
Et protége nos jeunes ans.
Allons porter une couronne
A Notre-Dame des enfants.

Sans tache, la Vierge choisie,
Chef-d'œuvre du Dieu créateur,
Devait briser la jalousie
Du serpent, démon tentateur.
La terre fut régénérée
Par sa grâce, sa pureté ;
L'antique promesse sacrée
S'accomplit dans sa vérité.

A ce monde encor dans les langes,
Il fallait un révélateur ;
Au milieu du concert des anges
Naquit le divin Rédempteur.
Pour que l'univers lui sourie,
Des cieux, la céleste beauté,
Place dans les mains de Marie
Sa faiblesse et sa nudité.

Des mères on sait la tendresse,
De leur doux fruit, rien ne tient lieu ;
Quelle dût être son ivresse !
Son petit enfant, c'était Dieu !
Sur ce cœur de mère et de femme
Son Dieu reposait nuit et jour ;
Elle seule a pu de son âme
Verser tout le suprême amour.

Et Dieu qui la voulait sublime
Par la vertu, par le bonheur,
La fit, pour expier le crime,
Plus grande encor par la douleur.
De son fils, buvant le calice
Pour le monde entier racheté ;
De la croix, elle eut le supplice
Dans son cœur et sa volonté.

Et cette incomparable Mère
Du Sauveur, Messie attendu,
De l'enfant reçoit la prière,
A cause du petit Jésu.
On trouve toujours une place
Sur son tendre sein maternel ;
Dieu, par elle, répand la grâce,
Nous ouvre les portes du ciel.

Plus belle qu'au matin l'Aurore
Quand le soleil frappe nos yeux,
De son éclat, il la décore:
C'est la rose et le lis des cieux.

Le malheureux dans la souffrance
Ne l'invoque jamais en vain,
Et la souveraine puissance
Est remise à sa douce main.

Rien n'est si doux que son sourire
Pour l'enfant modeste et pieux,
Et rien ne résiste à l'empire
De son amour bien précieux.
Le petit enfant qui la prie
Est toujours sage et toujours bon ;
Donnez votre cœur à Marie,
Que Dieu vous bénisse en son nom !

Allons porter une couronne
A Notre-Dame des enfants ;
Elle est si douce, elle est si bonne !
Que son regard sur nous rayonne
Et protége nos jeunes ans.
Allons porter une couronne
A Notre-Dame des enfants.

L'ANGE DE L'ÉTUDE.

A M. Georges Lafaye.

Enfants, lorsqu'à votre classe
Assidus, vous êtes tous,
Un Ange rempli de grâce
Du ciel descend près de vous.

Cet Ange, ami du silence
Et de la réflexion,
Découvre toute science
A votre émulation.

Il dirige la mémoire,
La patience et l'ardeur ;
Sourit à votre victoire,
Facilite le labeur.

Réchauffant de son haleine
Vos doigts encore engourdis,
La main de caresses pleine
Il éveille vos esprits.

Des dégoûts il vous délivre,
Les yeux sur vous attachés,
Tourne le feuillet du livre
Sur le mot que vous cherchez.

Sur la page qui commence.
Les lignes vont se placer,
Sans tache, ni pénitence,
Qui force à recommencer.

Et ses ailes toujours prêtes
Pour abriter le travail,
Parfument l'air sur vos têtes
Comme un céleste éventail.

Souvent même à votre table,
Doucement il vient s'asseoir;
Oh! quel condisciple aimable,
Qu'il est ravissant à voir!

Pour vous servir de modèle,
Il travaille comme vous:
Comme il s'applique avec zèle,
Qu'il est studieux et doux!

Comme à la leçon du maître,
Attentif, silencieux,
Dans son regard on voit naître
L'intelligence des cieux.

Soumis avec modestie,
A la voix du professeur,
D'une aimable repartie,
Il répond avec douceur.

A l'angélique éloquence,
Parfum échappé du ciel,
Votre esprit connaît et pense ;
L'amertume devient miel.

De l'obscurité première
Jaillit tout à coup le jour ;
Votre cœur, à sa lumière,
Pour l'étude est tout amour.

Bien des fois pour qu'on l'imite,
La leçon comme au burin,
Passe sous vos yeux écrite
De sa gracieuse main.

Mais si vos cœurs indociles
Se révoltent, dissipés...
Si vous rendez inutiles
Son amour, ses soins trompés,

A la paresse, au tapage,
Triste, des pleurs dans les yeux,
Voilant son noble visage,
D'un vol, il remonte aux cieux.

Toi, modèle de sagesse
Dans un âge tendre encor,
Que Dieu garde à ta jeunesse
De la vertu, le trésor !

Par ta bonté sans mélange ,
Par ta douceur , tes succès ,
On dirait que ce bel Ange
Ne t'abandonne jamais.

Communique à ton essence
Sa divine mission ,
Et dévoile à ton enfance
Du ciel , la perfection.

LE PETIT PARESSEUX.

On me dit sans cesse : Travaille !
Travailler , c'est humiliant !
Qu'est-ce que je fais ? rien qui vaille !
Le maître n'est jamais content !

Voyez donc la mouche qui vole !
Dans les airs, les petits oiseaux ;
Serions-nous donc, sur ma parole,
Moins heureux que les animaux !

Je vois l'agneau qui se promène,
Les lapins courir dans les bois ;
Et je suis toute la semaine
Cloué comme un buis à la croix.

Sans bouger , il faut qu'on s'applique,
Et courbé , lié sur un banc ;
N'est-ce pas un supplice unique ?
Ce n'est pas juste, c'est méchant !

A quoi sert toute la science ?
A torturer la pauvre enfance
Qui ne voudrait que s'amuser !
Ma vocation l'on peut dire,
C'est de bien sauter et de rire ;
Après, de bien me reposer.

On vous tient le nez dans un livre ,
Emprisonné l'été , l'hiver ;
Si le bon Dieu ne m'en délivre ,
Vrai !... j'aimerais mieux être un ver !...
C'est toujours la même torture :
Puni !... cent lignes d'écriture !
Je n'en viendrai jamais à bout !
Quand je serai grand , je le jùre :
Je veux ne rien faire du tout !

LA LOI.

Enfant, que ton erreur est grande !
C'est Dieu lui-même qui commande !
Il a dit : Tu travailleras...
C'est dans sa suprême justice,
Qu'il imposa ce sacrifice ;
Et tous travaillent ici-bas.
Mais en punissant, il nous aime ;
Dans le travail un bien suprême
Est caché sous le châtiment !
Il est l'âme de la nature,
La loi de toute créature ;
Loi du petit comme du grand.:
De la pauvreté, la puissance,
Du ver, de l'oiseau, de la fleur !
L'épine hérisse la science ;
Mais celui qui soumet son cœur,
Se plie à son obéissance,
Y trouve bientôt le bonheur.

LE TRAVAIL DU VER A SOIE.

Regarde ce ver sur la feuille
Que chaque matin je recueille
Sur les mûriers de notre enclos ;
Tu le vois se mettre à l'ouvrage
Et commencer, comme une cage,
Son lit pour goûter le repos.
Sans s'arrêter, il file, file,
Sa fine soie autour de lui ;
Est-il soigneux, actif, agile ?
S'en va-t-il flâner aujourd'hui ?
Il ne file pas comme Annette
Avec la roue et des fuseaux ;
Dieu met en lui sa quenouillette,
Et son long fil fin sans morceaux.
Au travail, il est dès l'aurore ;
Toute la nuit et tout le jour,
Et, pendant bien longtemps encore,
Il travaille avec tout amour.
Quand il a fait sa coque blonde
Et que dedans il est couché,
Il donne une richesse au monde
En tous lieux d'un prix recherché.
Après que sa tâche est finie,
Il faut bien que l'homme ait son tour ;
Il en fait rubans à l'envie,
Taffetas, satins et velour.

Dans le pays l'aisance brille ;
Ce ver en a fait le bonheur !
L'ouvrier nourrit sa famille ;
Tisse la soie avec ardeur !
Et bénit l'homme de science,
Dont l'étude et la patience
Ont facilité son labeur.
Tout travaille ! Sois donc docile ;
Acquiers de l'habileté !
Afin qu'aussi tu sois utile
Quelque jour à l'humanité.

LE TRAVAIL DES PETITS OISEAUX.

A Mlle Fernande de Beaufranchet.

Avez-vous vu quand le printemps approche
   Les petits oiseaux voletant,
Aller, venir, courir de proche en proche,
   Inquiets, furtifs, s'arrêtant.
   Ils cherchent la meilleure place
   Pour y bâtir leurs petits nids
   Si gracieux et si jolis.
   Mais pour cela chacun amasse
   Mousse ou plume, crins ou foin sec,
   Ou laine dans son petit bec.
   Avec quelle ardeur patiente,
   Il construit son œuvre charmante ;
   Si soigneusement, brin à brin,
   Avec son bec, avec sa patte
   Si mignonne, si délicate,
   Enlaçant la plume et le crin.
   Une couche plus moelleuse
   Est tissée à l'intérieur,
   Pour que cette famille heureuse
   Y puisse abriter son bonheur.
   Quel labeur! quelle peine extrême!
   Il n'a pas d'aide, ni d'outil ;
   Il est instruit par Dieu lui-même,
   Pour cet ouvrage si gentil.
   On le voit courir dès l'aurore,
   Jusque vers la chute du jour ;
   Son activité le dévore,
   Il cherche, va, vient tour à tour ;

Lorsqu'enfin la douce femelle
Va couver ses chers petits œufs,
Le mâle perché non loin d'elle
Chante leur bonheur à tous deux.
Après qu'elle est bien égayée,
Que sous l'abri de la feuillée
Rien ne paraît la déranger,
Il va lui chercher à manger.
Et la douce couvée éclose,
La mère encore un peu repose,
Pour tenir ses petits bien chauds ;
On voit sa plume qui s'agite,
Et son tendre sein qui palpite
D'amour pour ses petits oiseaux.
Puis comme le bon père elle vole à la plaine
Pour ses petits chercher la graine.
Près de leurs chers oiseaux, ils s'en vont tour à tour !
Et dans leurs petits becs, ils passent
La nourriture, et les embrassent
Ivres de bonheur et d'amour !
Après cette histoire touchante,
Ne trouvez-vous pas malfaisante
La main des petits malheureux
Qui viennent dérober leurs œufs !
Leur doux nid ! Pauvres petits êtres !
De leur peine, ils ne sont plus maîtres ;
Le cœur fend d'entendre leurs cris,
S'ils ne trouvent plus leurs petits !
Dieu qui vous voit, Dieu votre père,
Cruels enfants, les a créés si doux !
Vous percez le cœur d'une mère !
Cruels enfants, le savez-vous ?...

LE TRAVAIL DE LA FOURMI.

De la fourmi, j'ai su l'histoire,
Qui n'a laissé dans ma mémoire
    Qu'un souvenir peu flatteur ;
Elle était active et soigneuse ;
Mais point bonne, point généreuse ;
    Elle n'avait point de cœur.
De sa dureté sans égale,
    Elle eut un jour des remords,
Et vint inviter la cigale
    Pour lui montrer ses trésors ;
Lui fit visiter chaque salle,
    Les boudoirs, les corridors,
La cave ou grenier d'abondance,
Et le bureau de bienfaisance.
« Tiens, dit-elle, voici la chambre des enfants !
    » Viens voir ! ils ne sont pas méchants.
    » Ils ont tous chacun une bonne,
    » Pour les promener au soleil ;
    » Mais je les inspecte en personne...
    » L'œil d'une mère est sans pareil !
    » L'enfant demande un soin extrême,
        » Beaucoup d'amour, de douceur ;
    » Plus on le choie et plus on l'aime,
        » Et plus il devient meilleur.
    » Tu vois ma réserve si belle !
    » En ai-je une provision ?

» C'est pour les têtes sans cervelle
» Qui n'ont pas de prévision.
» J'ai fait tout cela, mon amie,
» Par l'ordre et par l'économie,
» L'activité des nuits, des jours;
» Il m'est doux d'en jouir toujours.
» Eh bien ! de toute ma richesse,
» Ce qui plaît le plus à mon cœur,
» C'est de soulager la détresse :
» J'ai connu que c'est le bonheur? »
La cigale émue et changée,
Depuis ce temps s'est corrigée ;
En ne cherchant point à nier,
Ni déguiser son tort premier.
Quand pour de l'argent, elle chante,
Elle en achète de la rente ;
Elle a d'une humeur bienfaisante,
Souvent du fruit de son gosier,
Nourri les pauvres du quartier.

LE TRAVAIL DES ABEILLES.

Quand notre œil est charmé des beautés de la rose,
Que nous nous enivrons du parfum de la fleur,
L'abeille dans son sein prend le suc qui compose
La cire utile don, le miel douce saveur.

Une ruche commode est par la main de l'homme
Disposée au soleil, bien à l'abri du vent :
Prodige curieux ! Dans la ruche un royaume,
A sa reine, ses lois, son peuple intelligent.

Là, point de paresseux, et chacun a sa tâche :
Les unes vont courir les fleurs dès le matin !
Une troupe à veiller sur l'ennemi s'attache ;
Une autre à recevoir ou pétrir le butin.

Le narcisse, l'œillet, le thym, la marjolaine,
Le lis, le réséda deviennent un trésor ;
On le porte en triomphe aux regards de la reine.
Obéissance, amour pour cette abeille d'or !

A son brillant éclat, elle est reconnaissable,
D'un signe elle asservit leur cœur et leur esprit ;
Sa Majesté suprême est chère et redoutable,
Nul n'aspire au pouvoir, tout le monde obéit.

Son peuple est dévoué jusqu'à la mort pour elle ;
Gloire, c'est la défendre, et la servir, bonheur !
On ne connaît ici ni traître, ni rebelle,
Et si la reine meurt, on périt de douleur !...

Mais par un seul coup d'œil, elle active, elle enflamme ;
On voit sous ses efforts se former ces carrés,
D'où s'épanche le miel, ce précieux dictame,
Plus exquis que le jus des fruits les plus sucrés.

Ces produits du travail et de la discipline,
Deviennent les flambeaux qui brûlent au saint lieu ;
L'âme à ces doux rayons espère et s'illumine,
Dans la prière aussi trouve le miel de Dieu.

Quels beaux enseignements Dieu donne sur la terre !
Bénissons, cher enfant, sa grandeur, sa bonté ;
Tu reçois d'un insecte une leçon bien chère :
Travail, obéissance, amour, utilité.

LE TRAVAIL DES CASTORS.

Dans un pays lointain , au nord de l'Amérique ,
Il est des animaux étranges travailleurs...
Auraient-ils de nos arts le sens et la pratique ?
Comme des charpentiers, maçons, ingénieurs ,
Ils construisent des ponts , des maisons et des digues ,
Aussi solidement qu'un homme du métier.
D'un assidu labeur et de leurs soins prodigues,
Ils dépècent le bois, fabriquent du mortier ,
Coupent avec leurs dents les arbres, les bruyères ,
Détournent à leur gré le courant des rivières ;
Ce travail merveilleux Dieu le leur révéla :
Rien n'est si singulier que ces animaux là.
En juillet, des castors la troupe se rassemble
Vers le bord d'un cours d'eau. On les voit tous ensemble
Préparer en commun, pour leur construction ,
Tous les matériaux propres à leur ouvrage :
Il faut une maison pour chaque heureux ménage,
Une chambre à coucher, l'autre à provision.
Que l'on veille surtout à soigner la toiture
Pour qu'elle puisse bien garder de la froidure.
Ils plantent dans les eaux des poutres et des pieux
Qui sont les fondements de la gentille ville ,
Se servent de la patte et de leur queue agile
Sans de nos ouvriers, les outils précieux.
Ils repassent souvent l'étonnant édifice

Jusqu'à ce que l'œuvre finisse
Par être selon leur désir,
Ne se donnent aucun loisir.
Les maisonnettes divisées,
Bien assises sur pilotis,
Sont enduites et tapissées
En dedans de mousse et de buis.
On y remarque deux croisées :
L'une au niveau du sol, l'autre au-dessus de l'eau,
Pour qu'au plaisir du bain le castor s'abandonne,
Et de l'autre côté qu'il s'approvisionne,
Pour les temps de l'hiver, de branches de roseau,
D'une écorce amollie et de fraîche verdure
Dont avec le poisson il fait sa nourriture.
La mère prend bien soin de ses petits castors,
Et demeure au logis, quand le père est dehors,
Tant qu'ils ne peuvent pas se promener près d'elle ;
Mais le père attentif les nourrit avec zèle...
Ces familles en paix goûtent le vrai bonheur ;
On ne trouve chez eux ni jaloux, ni voleur.
Quand ils ont travaillé tous à l'œuvre commune,
Aucun ne vient ravir à l'autre sa fortune ;
Et si d'un accident un membre est altéré,
Tous n'ont plus de repos qu'il ne soit réparé.
Hélas ! l'homme envieux de sa vaine parure,
Le poursuit sans pitié pour avoir sa fourrure ;
Sous les coups du chasseur, s'il échappe isolé,
Le castor est bientôt farouche et désolé.
La triste solitude a ravi son génie ;
Tout le fait tressaillir ou vient l'épouvanter ;
Et devenu sauvage en perdant sa patrie,
Il ne sait plus qu'errer, mourir ou végéter.

Admire, ô jeune enfant, la sainte Providence !
Tu vois que tout se plie avec obéissance
A la divine loi du travail ici-bas.
Que ton esprit soumis à l'étude se livre :
    Celui qui ne travaille pas
    Ne serait pas digne de vivre.

LA VIOLETTE.

A Mlle Isabelle Buthault.

Il est à l'ombre des bois
Une tendre fleur cachée,
Que ta main blanche a cherchée
Et qui parfume tes doigts;

Elle est si belle et si douce,
Couchée au bord du ruisseau,
Comme un enfant au berceau,
Sous son vert rideau de mousse;

Emblême de la douceur
Et du mérite modeste,
Sa grâce toute céleste
S'épanouit dans le cœur;

C'est la fleur de modestie,
Si chère au doux souvenir;
Un regard la fait rougir,
Mais son parfum l'a trahie.

On lui donnera la gloire
Qu'elle ne recherchait pas;
A son timide embarras
Tout l'éclat de la victoire.

3

De son charme tout nouveau,
O belle Clémence Isaure!
Tu lui réservais encore
Le triomphe le plus beau.

Elle fut le prix céleste
Des chants, des vers immortels;
Ce grand souvenir atteste
Ses mérites éternels.

Enfant, lorsqu'une couronne
Est le prix de tes progrès,
Rends grâce à Dieu qui la donne,
Sois humble dans le succès.

Une aimable modestie
Donne un prestige aux vainqueurs;
Elle éteint la jalousie
Et leur gagne tous les cœurs.

LA LEÇON DE GRAMMAIRE.

« Je ne sais pas quel monstre inventa la grammaire
    » Pour assassiner un enfant.
» Je suis toujours puni, mais je n'y peux que faire ;
    » Je n'y comprends rien, non, vraiment.

    » La devant as élide la voyelle ;
    » Qui relatif s'accorde avec le nom ;
    » Décidément, je crois que c'est Néron,
      » Quand il fabriquait sa chandelle
      » Avec les pauvres chrétiens... ;
      » Le gueux ! il se sera dit : Tiens !
      » Il faut une mort plus cruelle
      » A leurs enfants de l'avenir :
    » Qu'imaginer pour les faire mourir ?...
      » La syntaxe exceptionnelle. »

C'était Monsieur Edgard, un bambin de six ans,
Plus fort historien que versé dans sa langue,
Qui, privé de congé par un jour de beau temps,
    Débitait cette harangue.

    Près de lui vint sa jeune sœur ;
      Une gentille fillette
      Qui lui portait en cachette
Quelques bonbons pour calmer sa douleur.
    Voyons, lui dit l'enfant charmante,
      Je vais t'expliquer ta leçon :
Pauvre bambin qui se tourmente ?

Nous avons donc d'abord le nom ;
Mais c'est la plus douce chose.
Edgard, Julie, une rose
Ce que je touche et que tu vois ;
L'oiseau, les fraises, la pensée ;
Mais encore aussi quelquefois
Ce qui se peint dans la pensée :
Mon désir de ta liberté ;
Ta confiance en ma bonté.
Le masculin, c'est petit frère,
Et le féminin, bonne sœur ;
Je représente la prière,
Mais toi, tu dois être le cœur.
Le singulier, c'est grande pénitence !
Seul, seul, mon Dieu ! que c'est donc ennuyeux ?
Deux, trois ou quatre on rit, on danse...
Au pluriel, il faut l's ou l'x pour être heureux.
Avec Jean, quand je cours, tu cours, il court dans l'herbe ;
Le crois-tu, mon chéri, nous conjuguons un verbe ;
Et nous n'en courons que mieux.
Mais avec ses trois temps qu'il te semble odieux :
Passé, présent, futur, oh ! c'est délicieux !
Je t'aimais tant hier, et plus encore je t'aime
Aujourd'hui ; mais comment t'aimerai-je demain ?
Comme ces bons amis qui se donnent la main
Avec un plaisir extrême,
Article, adjectif et pronom,
Pour s'accorder avec le nom ?

Je le vois, tu souris ; tiens, gourmand, un bonbon !
Mais sans de l'adjectif encor te faire grâce
D'une courte explication.

C'est un mot qui donne la grâce,
La laideur, la beauté, le caprice, l'esprit...
Mais souvent, sans que rien l'efface,
Il nous récompense ou punit.

Ma mère est *tendre, bonne, belle ;*
Dieu grand, tout puissant et parfait !
Sa gloire est toujours *éternelle ;*
Mais le roi des enfers est *laid.*

Si des souverains de la France,
Napoléon fut le plus *grand ;*
Henri fut le *meilleur*, je pense ;
Louis onze le *plus méchant.*

On le sait, la guerre est *cruelle...*
Mais quand nos soldats sont *vainqueurs ,*
Quelle allégresse *universelle*
Retentit dans ces *braves* cœurs !

Si tu veux que je sois *heureuse,*
Mérite, frère, un adjectif,
Comme *bon, savant, brave, actif ,*
Et tu me verras bien *joyeuse.*

Retiens donc bien cette leçon,
Et grave-là dans ta mémoire ;
Avec ma grammaire et l'histoire,
Tu n'auras plus peur de Néron.

LES QUATRE RÈGLES.

LA PETITE FILLE.

Maman me donne par semaine
Un franc, cela n'est pas beaucoup...
J'ai mes pauvres, mes frais et le train que je mène ;
Qu'est-ce que je ferai pour en venir à bout ?
Voyons d'abord le budget de dépense :
Jean l'aveugle, un pauvre vieillard ;
La vieille Anna dans l'indigence ;
Pierre le petit savoyard ;
La toilette de ma poupée ;
Babet la veuve et trois petits enfants ;
Je vais être bien occupée,
Pour les rendre heureux et contents.
J'oubliais... la quête où je donne,
Et le tronc des petits Chinois ;
Maintenant, si j'additionne,
Je m'en trouve dix à la fois...
Quand je diviserai mes pauvres cent centimes,
Cela fera juste dix pour chacun.
Mes finances pour tous sont vraiment bien minimes ;
Qui soustraire ?... Ah ! voyons !... prenons-les un par un.
Sera-ce toi, pauvre poupée,
Dont l'attente sera trompée ?
Avec Babet et ses marmots ?...
Si maman mettait des zéros...
S'il n'en reste que cinq, avec ma pièce entière,
Ce sera pour chacun vingt centimes tout franc.

LA MÈRE.

Tes trois règles sont bien : si tu fais la dernière
En répétant dix fois, ma chère enfant,
Ton franc multiplié par dix , je te le donne.

LA PETITE FILLE.

Oh ! maman ! que vous êtes bonne !
Que marmots et poupée ou Babet me pardonne !
Ils auront tous chacun un franc.

LA NEIGE.

En face du Mont-Blanc.

Tout passe ou s'altère;
Toi sur ces sommets,
Seule sur la terre
Ne changes jamais.

La première aurore
A vu ta beauté,
Comme elle encore
En virginité.

La voûte étoilée
Retient ta blancheur :
Neige immaculée,
De l'ange es-tu sœur.

Serais-tu la plume
Des oiseaux des cieux ?
Qui vient dans la brume
Éblouir nos yeux ?

Serais-tu des anges
Aux ailes d'azur,
Les célestes langes
Du blanc le plus pur ?

Aux lueurs du cierge
De l'agneau pascal,
Es-tu de la Vierge
Le manteau royal ?

Serais-tu la laine
De l'agneau divin ?
Pour notre âme en peine
Rosée ou festin ?

Ou, saintes alarmes,
Contrites douleurs,
Serais-tu les larmes,
Des pauvres pécheurs ?

Qui du sein des flammes
De l'éternité,
Rendent à leurs âmes
La virginité ?

GRAND PAPA JOUJOU.

Maman m'a mis en pénitence,
Que dira grand-papa Joujou ?
Il la grondera d'importance ;
Elle n'est point bonne du tout.

Elle veut vraiment que j'apprenne...
Aussitôt dit, aussitôt fait !
Le paresseux ! dit-elle... il traîne...
Grand-papa me trouve parfait.

On le sait, il a dans sa poche
Toujours des bonbons, des joujoux...
Si je méritais un reproche,
Pour moi, les donnerait-il tous ?

Quand je l'appelle bon grand-père,
Il dit que je suis bien mignon ;
Et quand maman est en colère,
Il lui crie : Ah ! c'est bon ! c'est bon !

« Il est encor temps, il est jeune.
» Et pourquoi donc tant le presser ?
» Moi, sans aucun goût je déjeune.
» S'il n'est pas venu m'embrasser. »

Oh ! mais quelle est donc ma surprise !
Il dit que maman a raison ;
Qu'il faut que j'apprenne et je lise...
Grand-papa Joujou n'est plus bon !

Je veux que maman me pardonne
Et que mon livre soit bien su ;
Elle est tout de même bien bonne ;
J'ai vu ses pleurs à son insu.

Ne pleure pas petite mère,
Ton petit sera bien savant ;
Je veux que de lui tu sois fière...
Grand-papa Joujou bien content.

LA CHARITÉ A PARIS.

A Mlle Marie de Beaufranchet.

Que c'est beau dans la grande ville !
Tout brille de lumière et d'or !
Les beaux équipages par mille...
Les belles choses à la file !...
Des dames plus belles encor !
Toujours nouveau, le flot rapide,
Court, va, vient, ici, là-bas ;
Tout est joyeux, riche, splendide :
La misère ne se voit pas.
Non, elle est honteuse et timide,
Elle se cache sous le toît
Ou dans quelque bas fond humide,
Où l'on meurt de faim et de froid...
Des petits enfants sur la paille,
De faim n'ont pas dormi la nuit ;
Dehors le cri du plaisir raille
Les malheureux dans leur réduit.
Et près d'eux, l'âme déchirée,
Le courage éteint par les pleurs,
Une veuve, mère éplorée,
Ne peut nourrir que ses douleurs.
Mais soudain on frappe à la porte,
Un ange apparaît sur le seuil ;
De ses blanches mains il appporte
Secours à la famille en deuil.

Sur son doux visage rayonne
La pitié comme la couronne,
Qui sied le mieux à la beauté.
De ses yeux, une douce larme,
S'échappant comme un nouveau charme,
Coule sur cette pauvreté.
Pauvres petits et pauvre mère !
Voici de l'or, des aliments ;
Ayez du feu, de la lumière,
Du pain et de chauds vêtements.
Dans mon lit de damas, de soie,
La nuit, je ne pourrais dormir,
Les soucis troubleraient ma joie,
A ce déchirant souvenir.
Viens, ma petite Madeleine
Dont j'aime le gentil babil,
De ma poupée en porcelaine
Qui ne parle que par un fil,
Je te donnerai la layette,
Le trousseau, toilette complète ;
Tu seras ma petite sœur
Par la charité du Seigneur.

LE PAIN.

Les jours sont courts, la récolte est passée,
Le laboureur a creusé le sillon ;
Déjà la plaine est toute ensemencée,
Voici l'hiver et le noir aquilon.
Tombez, tombez, jolis flocons de neige,
　　Qu'une épaisse couche protége
Contre le froid notre précieux plant.
　　Couvrez de votre manteau blanc
　　Du monde le pain et la vie ;
Et qu'il repose au gré de notre envie
　　Sous ce linceul éblouissant !
Mais du printemps, réveil de la nature,
Le souffle tiède a chassé les hivers ;
La terre entière a repris sa parure,
　　Les prés, les bois, les champs sont verts.
　　Tout refleurit et tout rayonne,
　　Le soleil dore les coteaux ;
　　L'abeille en butinant bourdonne,
　　Les fleurs émaillent les ruisseaux.
　　Et notre œil fixé sur la plaine
　　Voit l'épi jaunir et monter ;
　　D'anxiété notre âme est plaine...
　　Que d'accidents à redouter !
　　C'est la sécheresse ou la grêle
　　Ou c'est la rouille avec trop d'eau...
　　Quelque parasite s'y mêle,
　　Étouffant l'épi tout nouveau.
Joli bleuet, tu ne trouves pas grâce,

A ce trésor, sous la herse, fais place...
Un chaud rayon du soleil bienfaisant
Du laboureur anime le courage ;
Le cœur lui bat à l'orage grondant,
Mais l'hymne sainte a conjuré l'orage.
Le bleu du ciel a calmé sa terreur,
A ce sourire, une pluie est si bonne,
   Si chaude au soleil : ô bonheur !
   Le grain semé centuple, il donne
   De nombreux et beaux épis d'or ;
   Coupons, serrons ce doux trésor.
   C'est là du pain sous nos faucilles...
   Du pain pour les pauvres familles,
   Du pain pour l'honnête ouvrier,
   Du pain pour la timide plainte
   Du pauvre qui vient mendier.
   Dans tous les yeux la joie est peinte,
   C'est la richesse vraiment sainte
   Des hommes la communion,
   Le gage de paix, d'union ;
   Dieu sois béni ! tu veux qu'on vive !
   Tu veux que d'une force vive
   Nos cœurs célèbrent tes bienfaits.
   Ah ! que le riche ne l'oublie !
   L'aliment sacré de la vie,
   A l'humble, au petit qui n'envie
   Ni de son luxe les attraits,
   Ni ses richesses éphémères :
   Aux travailleurs, aux pauvres mères,
   Aux malheureux en Dieu ses frères
   Que le pain ne manque jamais !

LA LAINE.

Venez, mes chers enfants, venez voir ce tondeur,
Avec ses grands ciseaux, d'une main preste agile
Enlever la toison de ce mouton docile,
Sans lui faire de mal, lui causer de douleur.
Presqu'à l'égal du pain, sa laine est précieuse...
Ah ! que la Providence a de bontés pour nous !
Dans le froid des hivers, pour notre chair frileuse,
Qu'un tissu moelleux et chaud nous sera doux !
Le mouton généreux nous donne sa richesse,
Mais il n'en souffre pas, il fait chaud maintenant :
Dieu va rendre pour lui sa laine plus épaisse,
Plus belle sa toison pour le printemps suivant.
A ce bienfait a droit la pauvre créature,
Et nous voyons souvent des enfants demi-nus
Ou de pauvres vieillards courbés sous la froidure
Des ans et des hivers, mal nourris, mal vêtus.
Si le riche tondait ses choses inutiles,
Dieu, comme pour l'agneau, les accroîtrait encor ;
Les dons offerts pour lui ne sont jamais stériles :
Ici-bas comme au ciel, ils donnent un trésor.

LE PÈRE PIERRE.

Vois ce vieillard courbé sous le poids des années,
Cheminer lentement son bâton à la main ;
Il prévoit, en sentant ses forces déclinées,
Son terme rapproché du jour au lendemain.

Il est très-gai pourtant, il a le mot pour rire...
Le déclin de sa vie est encore un sourire
Comme au soir d'un beau jour un rayon de soleil ;
Soumis, sa confiance est en Dieu tout entière...
Il sait que si demain il s'endort sous la pierre,
C'est dans le sein de Dieu que sera son réveil.

Il était jeune et fort... Dans les terres lointaines
Il a versé son sang pour l'honneur du pays ;
Rentré dans ses foyers, il labourait les plaines
Qu'hier il défendait contre les ennemis.
A ce bras courageux, tous les vallons prospères
Rendirent à foison la richesse à ses frères...
Et sa sueur après son sang les a nourris.

Mais pour tant de vertu, pour le sang de sa veine,
Dieu réservait un prix égalant sa grandeur ;
Le Grand-Homme en mourant à l'île Sainte-Hélène,
A mis une médaille accrochée à son cœur !

Salue, ô jeune enfant ! respect à cette gloire !
De ces brillants lauriers donnés par la victoire,
Il ne lui reste plus que Dieu... ses cheveux blancs.
Il va payer sa dette à la loi de nature,
Comme dans le combat sans crainte et sans murmure
Léguer son héritage... honneur à ses enfants !...

L'ORPHÉON D'ARGENTON

SOUS LA DIRECTION DE M. CHARPENTIER-MASSICOT.

(Il obtient une médaille d'or à l'Exposition de 1867.)

A, M. GRAND'HOMME.

Descends des cieux, ô divine harmonie!
Inspire nos concerts!
Que notre voix, sur l'aile du génie,
S'élève dans les airs
Pour célébrer notre terre bénie!

Vive Argenton!
Et que son nom
Soit en renom
Par l'Orphéon!

Dieu tout puissant, auteur de la nature,
A qui tout est soumis,
Qui prends pitié de toute créature,
Sur notre beau pays
Tu répandis tes bienfaits sans mesure !

Charmant tableau que ce riant asile !
Ces jardins, ces prés verts,
Cette eau si pure à la marche tranquille,
Sous tant d'apects divers
Réflétant les beautés de ce pays fertile.

A ses échos, la tendre Philomèle
    Livre des airs nouveaux ;
L'or des moissons dans nos sillons ruissèle,
    Fruit de nos verts coteaux
Un doux nectar en rubis étincelle.

Sur ce rocher d'antique souvenance
    Bouclier protecteur,
La douce main qui fléchit la clémence
    Et calme la douleur,
Verse sur nous la paix et l'abondance.

Homme de bien dont la main tutélaire
    Prodigue les bienfaits...
Ah ! que pour toi la fortune prospère
    Soit fidèle à jamais...
Et que toujours ta mémoire soit chère !

Que l'Orphéon, œuvre par toi fondée,
    Perpétue en ce lieu
L'accord des voix, des cœurs et de l'idée,
    Et du règne de Dieu
La douce paix d'union fécondée !

RÊVE DE BONHEUR.

O douce solitude !
Mon rêve, mon amour,
Calme aimé de l'étude
Te trouverai-je un jour ?
Sans l'importune foule
Qui court, s'agite, roule,
Mugit comme la houle
Dans ce bruyant séjour.

Sous le bruit à toute heure
De l'immense bazar,
Jusque dans ma demeure
Jetant un son criard ;
Sous la fumée épaisse
Qui me saisit, m'oppresse,
Que dans sa course laisse
Le sillon d'un traînard.

Que j'aime ma fenêtre
Au soleil du matin,
Et qu'au-devant puisse être
Un horizon lointain...
Des troupeaux dans la plaine
Broutant à perdre haleine
L'herbe molle et le thym.

4

De nos bois, la verdure
Ondulant sous mes yeux,
La glace d'une eau pure
Me reflétant les cieux...
Le repos, le silence
Du nid qui se balance,
La joyeuse cadence
L'accord mélodieux.

Que la lune d'opale
Dans. mon appartement
Jette sa lueur pâle
Comme un reflet d'argent;
Du clocher la volée
Comme une voix ailée
Monte pure et voilée
En doux et pieux chant.

Qu'un rayon me sourie
Quand le soleil luit,
Et qu'une fleur chérie
Éclose dans la nuit
Par l'aurore saisie
Monte à ma jalousie
Et de son ambroisie
Parfume mon réduit.

L'hiver, le feu dans l'âtre
Pétillant tout joyeux,

En spirale folâtre,
Dessins capricieux ;
Mon esprit sur un livre ;
Quand au dehors le givre
Fait trouver bon de vivre
Au foyer des aïeux.

D'une amitié sincère
L'épanchement parfait,
A l'honnête misère
Partage du bienfait
D'une modeste aisance,
Sans faste d'opulence...
La céleste espérance
Assisse à mon chevet !

LA RICHESSE DU VIEUX SOLDAT.

Salut à ce vieux militaire !
Ne plaignons pas sa pauvreté...
Sa richesse qu'il ne peut taire
Est là pendue à son côté.
Ce ruban de couleur flétrie
Vaut mieux que l'or et la splendeur ;
Il veut dire : Valeur, patrie!
Sang versé sur le champ d'honneur.

Les cheveux blanchis avec l'âge,
Trente ans de combats essuyés,
Tu reviens bien pauvre au village
T'asseoir à tes humbles foyers.
Lorsqu'en ce siècle d'industrie
Tes frères ont pu s'enrichir,
Tu recevais de la patrie
Juste de quoi ne pas mourir.

Quand le vice en tous lieux étale
Son luxe et ses plaisirs sans frein,
Ta belle vieillesse frugale
Se contente d'un peu de pain.
Honneur à la sainte indigence
Qui fait si riche son pays !
Par toi, le drapeau de la France
Sur le monde étendit ses plis.

Sois fier ! tu sais que rien n'efface
Ta grandeur et ton souvenir :.
De ton sang recueillant la trace,
Le passé comme l'avenir,
Portent ta gloire que n'altère
Ni tache, ni vénalité...
Salut à ce vieux militaire !
Un hommage à sa pauvreté !

LE MÉDECIN BONAMI.

Comme il trottait sur sa grisette,
Petite jument rondelette,
Le vieux médecin Bonami :
« Trotte vite, trotte ma belle,
» Là-bas un malade m'appelle ;
» S'il mourait sans mon pauvre zèle,
» J'en aurais un trop grand souci ! »

Il était rempli de science
Et sous sa modeste apparence
Il a vaincu souvent la mort ;
Dans la cruelle épidémie
C'était toujours sa main amie
Qui venait conjurer le sort.

Il était aimé comme un père,
Donnant avec ou sans salaire
Tous ses soins à l'humanité ;
Dans une anxiété cruelle
Le riche connaissait son zèle,
Le malheureux sa charité.

Quand il arrivait au village,
C'était une joie, un tapage
Comme si c'était un sauveur !
« Monsieur, l'enfant a la colique,
» On dirait un ver qui le pique
» Qui lui remonte sur le cœur.

» Monsieur, ma femme est bien malade,
» Je ne sais si c'est la salade
» Qu'elle a mangée avant-hier;
» Monsieur, mon plus jeune a la fièvre,
» Depuis que sa mère le sèvre
» Tout le jour on l'entend crier;

» Mon mari s'est forcé d'ouvrage
» Pour ramasser tout son fourrage...
» Et ça le tient dans le côté;
» Monsieur, je n'en sais pas la cause,
» Mais ma grand'mère a quelque chose...
» Elle est comme à l'extrémité;

» J'ai donné la poudre à mon père,
» Mais toujours il se désespère. »
« Allons! allons! c'est bien! c'est bien!
» Nous consulterons la nature;
» Le médicament par mesure;
» Et le bon Dieu... s'il est moyen. »

Aussitôt de ces bonnes âmes,
Les hommes, enfants ou les femmes,
Le cœur se sentait soulagé;
De leur bon ami la présence
Ranime la douce espérance,
On attend ce qu'il a jugé.

Et si de sa docte parole
Tombe un arrêt, sa voix console
Encore ses pauvres amis:
« Dieu, mes chers enfants, est le maître,

» Et comme c'est lui qui fait naître,
» S'il fait mourir, soyons soumis !... »

Enfant, c'est lui qui t'a sauvée...,
Qui, par ses soins, m'a préservée
Du désespoir le plus amer.
Il n'a pas épargné sa veille,
Quand un autre danse ou sommeille...
De tout ton cœur il faut l'aimer.

Toute sa jeunesse à l'étude,
Toute sa vie en plénitude
Du bien, de la bonne action ;
A sa gloire modeste et sage,
Je veux rendre un dernier hommage
Un tribut d'admiration.

Comme il trottait sur sa grisette,
Petite jument rondelette,
Le vieux médecin Bonami :
« Trotte vite, trotte ma belle,
» Là-bas un malade m'appelle ;
» S'il mourait sans mon pauvre zèle,
» J'en aurais un trop grand souci. »

LE CURÉ.

A M. l'abbé M***

Qu'il est bon quoique sévère !
Tout à la fois tendre , austère ,
Sa parole vibre au cœur ;
Vers nous , c'est Dieu qui l'amène ,
Pour soulager notre peine
Et bénir notre bonheur.

Du chrétien posant l'empreinte,
C'est lui qui versa l'eau sainte
Sur vos fronts au premier jour ;
Lui, dont le saint ministère,
De ton père et de ta mère
A sanctifié l'amour.

Lui, dans les instants funèbres,
Qui vient, chassant les ténèbres,
A l'aïeul ouvrir le ciel ;
Parfumer ce corps sans âme
Et verser le saint dictame
Sur son repos éternel.

Lui qui guide le jeune âge,
Le dirige vers la plage
De l'abîme d'ici-bas ;
Lui qui, pur et vénérable,
Offre l'hostie adorable
Et l'élève dans ses bras.

Lave l'âme pécheresse
Dans les flots de la tendresse...,
Dans le sang du Rédempteur ;
Rompt le joug qui la captive,
Dans sa candeur primitive
L'unit à son Dieu sauveur.

Aimons-nous les uns les autres :
Loi de Jésus, des Apôtres,
Je vous l'enseigne à mon tour ;
Pour nous l'apprendre, le Maître
S'est fait homme... a voulu naître
Souffrir et mourir d'amour.

Aimons-nous dans sa promesse...
Ah ! qu'importe la faiblesse
De l'instrument, de la voix !
Voilà le texte qu'il prêche :
Sa science c'est la crèche,
Son éloquence la croix !

Quel soin ! quel zèle il déploie !
Mais s'il bénit notre joie,
Il ne peut s'y allier ;
Il ne prend que nos alarmes,
Notre remord et nos larmes...
Il est seul à son foyer.

Pour lui, rien qui charme ou brille,
Il renonce à la famille
Comme aux liens les plus doux ;
Pas d'enfant qui le bénisse,
D'épouse qui le chérisse
Pour qu'il soit père de tous.

C'est la prière fervente,
C'est la charité vivante,
C'est l'envoyé de Jésus ;
Il va, n'oubliant personne,
Semant la grâce, l'aumône
Et l'exemple des vertus.

De l'orphelin c'est l'asile,
Du souffrant le port tranquille,
De l'humble l'appui, l'amour ;
Cette vie est consacrée
A la brebis égarée,
Au pécheur, la nuit, le jour.

Il fuit l'orgueil, la richesse,
Mais il court à la détresse,
L'abandon, la pauvreté ;
Cherche la plaie et la panse...
Son amour c'est la souffrance,
Compatir sa volupté.

Bien souvent pauvre lui-même,
Il est riche tant il aime ;
De son pain multiplié,
Il nourrit l'immense nombre
Des pauvres honteux dans l'ombre...
Rien n'échappe à sa pitié.

Son bois va brûler dans l'âtre
Du vieillard qu'il idolâtre ;
Souvent son huile ou son vin
A disparu dans la cruche,
Sa farine dans la huche,
Sa pâte dans le pétrin.

Son linge en draps mortuaires,
Langes d'enfant et suaires,
En charpie est devenu :
Son or (1) pleut comme la manne,
Et des plis de sa soutane
Il habille l'enfant nu.

Il va comme Dieu le mène...
Du captif porter la chaîne,
Du cœur brisé le chagrin ;
Le crime à la dernière heure
A l'échafaud prie et pleure,
Se résigne sur son sein.

Du naufrage, il prend l'épave,
Aucun dégoût ne se grave
Dans cet esprit virginal ;
Qu'on le dénigre ou le loue,
Il va jusque dans la boue
Tirer une âme du mal.

Enfant, vieillard, époux, mère,
Courbés sous votre misère,
Allez, vous tous qui souffrez ;
Son oreille entend la plainte,
Son âme est à vous sans feinte,
Son cœur, ses bras toujours prêts.

Dans le zèle qui l'agite,
Il a pour tous sans limite
Un saint pardon pour les torts...
Un baume pour la blessure,

(1) Quand il en a...

Un bienfait pour une injure.
Une messe pour les morts.

Hélas ! à travers le monde,
Souvent le blasphème immonde
S'attaque à tant de vertus ;
Il se tait... son front s'incline...
Il presse sur sa poitrine
Son bien : la croix de Jésus.

Enfant, que ma voix implore,
A ton âge tendre encore ,
Il serait prématuré
De dépeindre à ton oreille
La grandeur et la merveille
Du caractère sacré.

Mais que toujours confiante
Ton âme reconnaissante
Soit émue à son aspect ;
Trop jeune encor pour comprendre ,
Sache de bonne heure apprendre
Pour lui l'amour, le respect.

UNE BELLE PAROLE.

J'ai perdu tout mon jour, disait un empereur (1),
Lorsque je n'ai pu faire aucun bien à personne ;
Cette belle parole en notre esprit résonne
Comme un sublime écho de ce noble et grand cœur.

Enfants, ne perdez pas non plus votre journée,
Quelqu'humble que l'on soit on peut faire du bien ;
Avant que du sommeil l'heure ne soit sonnée,
Cherchez dans votre jour si vous n'y trouvez rien.

Que la nuit sera douce et les songes de rose,
Quand après la prière et l'examen pieux,
Vous pourrez aussi dire avant que l'œil se close,
J'ai soulagé la faim d'un petit malheureux.

D'un pauvre passereau tapi dans la bruyère,
J'ai protégé le nid contre le maraudeur ;
J'obtins pour un ami sa grâce à ma prière...
J'ai d'un cœur affligé partagé la douleur.

Que j'ai rendu ce soir ma bonne mère heureuse
En lui portant le prix d'un travail assidu !
Pour ce doux rossignol, la prison est affreuse,
A l'air, au bois chéri, ma pitié l'a rendu.

1) Titus.

J'ai baigné d'un peu d'eau l'humble petit brin d'herbe,
Qui voulait vivre encore et luire au soleil ;
J'ai de ces grains perdus, recueillis sous la gerbe,
Nourri l'oiseau d'hiver qui gémit au réveil.

L'ombre par moi rendue à ces fleurs desséchées
A relevé leurs fronts courbés aux feux du jour ;
Aux larmes d'un enfant que ma main a séchées
Ont succédé joyeux des baisers en retour.

Ma grand'mère malade au logis retenue,
A trouvé dans mes soins un instant de douceur ;
Mon professeur sourit à ma bonne tenue...
D'une épargne j'ai fait un présent à ma sœur.

A mon profond salut, en habit du dimanche,
Un brave vétéran d'un air fier m'a souri ;
Il semblait murmurer sous sa moustache blanche...
Il a donc lu l'histoire et me connaît aussi.

Par de tels souvenirs la journée est bien bonne...
Je fais du bien à tous quand je fais mon devoir ;
Si quelqu'un m'offensa, de bon cœur je pardonne...
Dors en paix maintenant, mon cher ange, bonsoir !

LA POLITESSE ANGLAISE.

Pour reprendre aux Anglais la ville de Toulon,
    Un des chefs de l'artillerie,
    Sous la mitraille et le canon,
    Surveillait la construction
    D'une terrible batterie.
L'ennemi l'aperçut et lançant une grêle
    De ses formidables engins
    Fit un horrible pêle-mêle...
L'officier impassible et la lorgnette en mains,
Hâtait les travailleurs... quand soudain il appelle,
    Pour transmettre un ordre, un sergent.
    « Tiens, je dicte : écris à l'instant, »
Dit-il, « sur ton genou, tu le feras sans gêne ; »
    La missive finit à peine,
    Qu'un coup de canon vigoureux
    De poudre les couvre tous deux.
« Ma foi! dit le sergent, vous servez à la lettre :
    » J'avais besoin de poudre pour ma lettre...
    » Vous êtes trop polis Messieurs !
» C'est de l'anglais tout pur, de la poudre à la rose !
» — Sergent, lui dit le chef, tu seras quelque chose !
» — Et vous, mon officier, vous, que serez vous donc ?»
L'un était d'Abrantès, l'autre Napoléon.

LA VRAIE FOI.

La guerre s'allumait impie et meurtrière
Au nom d'un Dieu de paix qui commande l'amour ;
Un soldat opposé, guettant comme un vautour
Un favorable instant, vint frapper par derrière
Le catholique chef (1) qui tombe sans retour.

Mais l'assassin vaincu par son action lâche,
La majesté vivant sur les traits du héros
Dont l'œil va se fermer, dont l'âme se détache,
Tout ému, frémissant, lui dit ces tristes mots :
« N'imputez pas mon crime à cette main cruelle,
» Ma foi me commandait de vous assassiner.
» — Ah ! lui dit le mourant, la mienne bien plus belle
     » M'ordonne de te pardonner. »

(1) François de Guise assassiné par Poltrot de Méret.

LE PETIT RAMONEUR.

Je suis l'enfant du Puy-de-Dôme !
        Le chaume
De mon vieux toît, je l'ai quitté
        L'été.
J'avais à peine six années
        Sonnées,
Mon père un jour me dit: « Mon gars,
        » Là-bas,
» Tu gagneras ta nourriture
        » Si dure ;
» J'en ai cinq autres tout petits,
        » Tant pis !
» Tiens, une veste, une culotte
        » Petiote,
» Dans la poche j'ai mis deux sous
        » Dessous.
» Ton maître te fournit de gîte,
        » Va vite...
» Il me donnera de l'argent
        » Comptant.
» Ne fais aucun tort à personne,
        » Ramone,
» Tu trouveras sur ton chemin
        » Du pain.
» Adieu !... » Ma pauvre mère pleure ;
        A l'heure,

Voyant mon maître pour partir,
Sortir,
Elle glisse dans mes pochettes
Noisettes.
Châtaignes, cormes et pruneaux
Bien beaux ;
Et de ses baisers me dévore
Encore...
Me voilà, prenant mon parti,
Parti.
Je l'entends de loin qui sanglotte,
Je trotte ;
Mais en pensant à sa bonté,
Gaîté
Fait place à des larmes muettes ;
Noisettes
Me consolent sur le chemin
Un brin.
Voici près d'un vallon fertile
La ville.
« Vois, dit mon maître, est-ce joli
» Ici ?
» Regarde bien ces cheminées
» Tournées ;
» Grimper et se jucher là-haut,
» Il faut. »
« Maître, ce n'est pas un prodige,
» Lui dis-je ; .
» Allons donc tout de suite y voir,
» C'est noir ! »
Et m'armant de tout mon courage
En nage,

Me donnant du coude aux genoux

Des coups,

Je grimpe enfin et je me huche;

O cruche!

J'ai fait tomber ma pelle à mains,

Reviens;

Ma belle, ma pauvre culotte

Rabotte;

Elle est bientôt comme aux ciseaux

Morceaux.

La suie ou le gravier m'aveugle,

Je beugle;

En trouvant ce chemin profond

Bien long!

Tout saisi d'une peur terrible,

Risible,

Quand mon maître crie en bas : » Nigaud!

» Là-haut! »

Mais il entend que je rabâte

Et gratte:

Que vois-je enfin? c'est du ciel bleu

Un peu.

Joyeux, je fais sortir ma tête

Au faîte

Et me repose... ah! que c'est beau...

Nouveau!

Là-bas, c'est bien mon Puy-de-Dôme

En dôme,

Sous le soleil qui brille encor

Tout d'or,

Là, dans ces ravins, ma rivière

Entière,

Qui déroule comme un serpent
            D'argent ;
Là, plus bas, cette flèche grise,
            L'église,
Et le clocher de l'Angelus,
            Jésus !
Air pur du pays je t'aspire,
            Respire ;
Porte bien loin de ma chanson
            Le son :
« Petit, petit mieux que personne,
            » Ramone
» La chemina du haut en bas,
            » Ah ! ah !...
» Salut Auvergne ! Et toi, ma mère,
            » Espère !
» D'ici, je vous dis chaque jour :
            » Bonjour !   »

DEUS EST CARITAS.

Naître et mourir pour toi, lui qui fis la nature,
Être le créateur, se faire créature,
Lui, cet être éternel, commencer et finir,
Lui, la perfection, des crimes se punir ;

Un Dieu s'ensevelir sous la figure humaine.
Cette félicité se couvrir de ta peine,
Se charger de tes maux, succomber sous leur poids,
Lui l'être, lui la vie, expirer sur la croix.

Lui dont le souffle peut seul animer les mondes,
Dont le bras soutient tout, terre, cieux, soleil, ondes,
L'unique beau, toujours ancien, toujours nouveau,
Être sans mouvement, scellé dans un tombeau ;

N'était-ce point assez ?... à plus il se convie,
S'enferme dans du pain pour rester dans ta vie,
Te faire sa substance et sa divinité,
Gloire, puissance, amour, bonheur, éternité ;

Il veut que tout son être alimente ta veine,
Le souffle de ton cœur ; à ton âme s'enchaîne ;
A ta merci se rende, emprunte ton appui :
Ton Dieu veut être en toi pour que tu sois en lui ;

Pour toi, pauvre exilé dépouillé de la grâce,
Il vient plein de douceur embellir ton séjour,
Et des cieux à la terre il comble tout l'espace
Pour vivre dans ton âme, y nourrir son amour.

A MES FLEURS.

Sourire de la nature,
Charmantes filles des cieux,
Votre beauté douce et pure
Charme mon cœur et mes yeux.

Du jardin d'Adam et d'Ève
Glissant d'un doigt irrité.
Un grain, que le vent soulève
Sur notre sol fut jeté;

Fit germer sur cette terre
Ces calices odorants
Dont l'âme est une prière
Et rend au ciel son encens.

Que j'aime à vous voir si pures
Orner le pied des autels !
Lorsque l'orgue aux longs murmures
Se mêle aux chants immortels !

Aux fêtes de la famille
Quand pour ses tendres parents,
Une douce jeune fille
Offre des vœux innocents !...

Sur les tombes solennelles
Où nous pleurons nos amis,
On croit, à vous voir si belles,
Qu'ils sont à peine endormis !...

Dans un faste populaire
Célébrant un jour nouveau,
Car tout l'orgueil de la terre
N'a rien trouvé d'aussi beau !

Vierges, comme sa pensée,
Parez le front qui rougit
De la jeune fiancée
Que la pudeur embellit.

N'approchez pas des idoles
Au cœur impur et malsain ;
Que vos suaves corolles,
D'effroi, tombent de leur sein !

Que votre chasseté sainte
Se replie à leur contact ;
Laissez à leur face peinte
Du faux diamant l'éclat ;

Gardez, à jamais fidèles,
Vos parfums, votre beauté,
Pour les Vierges des chapelles,
Pour le Dieu de sainteté.

Ici-bas vous êtes reines
Par la grâce, la douceur ;
Le joyau des souveraines
Pâlit à votre fraîcheur.

Si les arts et le génie
Empruntent votre beauté,
C'est une gloire infinie
Que ce succès imité...

Chères fleurs, douces amies,
Embellissez mon séjour ;
Que vos tiges endormies
Reposent sur mon amour !...

Ma main vous ménage l'ombre,
La rosée ou le soleil ;
Pour moi dont le cœur est sombre,
Fleurissez à mon réveil ;

Penchez vos têtes si belles ;
Versez vos parfums si doux
Sur mes douleurs éternelles
Quand je vous soigne à genoux ;

Montez jusqu'à mes fenêtres
Pour me saluer encor...
J'aime à vous voir, petits êtres
Ouvrez pour moi vos cœurs d'or !...

A l'heure où mon front de glace
S'inclinera sous l'arrêt,
Qu'une main pieuse place
Une fleur à mon chevet !...

Si son doux parfum respire
Sur le gazon où je dors,
Mon ombre veut lui sourire
Et la contempler encor !...

MILORD.

HISTORIETTE.

A Mme Dronsart de Cantin.

Un pauvre chien traîné par des gamins
Se débattait de ces cruelles mains,
Qui voulaient mettre à son col une pierre
    Et le jeter à la rivière.
    Des commères, tout le quartier
S'était rendu pour rire à gorge déployée ;
    La plus mauvaise, à ce crime alliée,
    Les excitait, criant : « Point de quartier !...
» Il est vieux, il est laid, il ne vaut pas la taxe ;
» Hé !... ne dirait-on pas qu'il tourne sur son axe !
» A quoi sert la vieillesse ? A quoi sert la laideur ? »
        « — Oh ! Madame ! à donner du cœur,
        » Si l'on n'aimait que ce qui charme,
        » Ce ne serait pas méritant...
        » Que ma prière vous désarme ! »
    Ainsi parlait un jeune enfant,
    Que dans mon histoire je nomme
            Édouard, et commé
    C'était un fort gentil garçon,
    Poli, modeste, aimable et bon,
    Il n'avait pu voir cette pauvre bête
    Traitée ainsi sans en avoir pitié.
» Voici , dit-il , ma bourse en inclinant la tête,

» J'en donnerai de bon cœur la moitié
» Si de ce pauvre chien vous m'accordez la vie...
    » Le posséder est toute mon envie. »
    Les drôles, de vrais garnements,
  De le livrer parurent fort contents ;
    Mais notre odieuse commère
    Qui convoitait la bourse entière,
    Ne voulut jamais rien céder
Qu'Édouard consentît à toute la vider.
    Notre jeune homme emmène donc en laisse
    Le pauvre chien qu'il flatte et qu'il caresse ;
Quand il fut bien lavé, bien peigné, rajusté,
    Il ne manquait point de beauté.
    C'était un chien de race anglaise
    D'un poil soyeux et d'un beau port ;
    L'enfant ne se sentait pas d'aise
    Et lui donna nom de Milord.
    Il fallait voir la bonne bête
    Fixer sur lui son œil si doux,
    Le caresser avec la tête
    Et la patte sur ses genoux,
    Pousser un grognement d'ivresse
    Et faire éclater sa tendresse
    Pour son petit maître adoré ;
    A sa voix, sur le moindre signe,
    Avec une prestesse insigne
    Rapporter l'objet désiré
    Sous l'œil aimé qui le regarde...,
    Et du logis, toujours en garde,
    Le surveiller comme un trésor...
    Eh bien ! ce n'est pas tout encor !
Mon Édouard avait une bonne grand'mère

Qui l'adorait comme son chérubin,
    Le matin après sa prière
    Il allait lui baiser la main...
    Et c'était chose précieuse
    Que de voir le gentil garçon,
    D'une manière gracieuse
    Et d'un air si doux et si bon,
Avec un saint respect, avec un soin extrême,
Prévenir son désir ; enfin pour ce qu'elle aime,
    Dans sa douceur, jamais embarrassé,
        Se montrer toujours empressé.
    La bonne dame affaiblie et souffrante
        S'égayait à ces jeunes jeux ;
De son sang refroidi la course chancelante
S'animait aux souris de ce front si joyeux,
Et comme, pour bénir, sa belle main tremblante
Appelait sur l'enfant les caresses des cieux.
        Toujours elle avait en cachette
        Quelque appétissante douceur,
        Quelque bonbon ou tartelette,
        Petit présent, nouveau bonheur.
    Or, une nuit que la dame endormie
    Rêvait peut-être à son petit enfant,
        Pénètre dans l'appartement
    Un malfaiteur dont la main ennemie
    Allait l'assassiner pour lui voler son or...
        Il avait compté sans Milord !...
        Celui-ci gronde, mord, aboie,
        Le bruit éveille la maison ;
        La garde arrive et l'on envoie
        L'infâme voleur en prison
        Pour y attendre sa sentence.

Ainsi Milord a par sa vigilance
    Payé le service rendu...
    Un bienfait n'est jamais perdu !

    Aimez les personnes âgées,
    Non-seulement pour leurs dragées,
    Leur gâterie et leurs présents
    Ou leur indulgence bénigne,
    Mais pour qu'un jour vous soyez digne
    Des baisers de vos chers enfants.

    Rien de si doux que la caresse
    De la jeunesse aux vieux parents ;
    Quant à moi, j'aime avec ivresse
    Les cheveux blancs de la vieillesse
    Unis aux roses des enfants.

LE VIOLON ENCHANTÉ.

LÉGENDE.

A M. Saint-Paul Bridoux.

Un stradivarius dans le coin d'un grenier
Gisait depuis longtemps couché dans la poussière ;
A la mort d'un artiste , un riche créancier
Mis en possession de la maison entière,
L'avait relégué là comme objet sans valeur.
Le sublime instrument, jadis honneur et joie,
Idole de son maître, était alors la proie
Des rats qui, sans pitié, lui mordillaient le cœur.
O profanation ! souvent toute la bande
Sur le pauvre oublié dansait la sarabande.
Si les bonds éperdus de leurs gais entrechats
Arrachaient un soupir à son âme captive,
Les rats terrifiés par cette voix plaintive
Fuyaient, croyant sentir à leurs trousses les chats.
Un parent du rentier qui venait en vacance,
Gentil musicien de goût et d'espérance ,
Le trouva par hasard dans un piteux état ,
Affreusement grêlé par une dent de rat.
Mais répa é bientôt par une main habile,
Sous les doigts de l'enfant le violon docile
Rendit des sons si purs et si mélodieux
Qu'on eût dit une voix qui descendait des cieux...
Le jeune homme ravi sentait des pleurs d'extase

Couler de l'instrument qu'il avait délivré
De la nuit de l'oubli... La flamme qui l'embrase,
C'est le génie éclos dans son cœur enivré.
Appuyé sur son sein, le violon lui-même
Paraissant tressaillir lui dit tout bas : « Je t'aime !
» Je serai ton ami... Par moi tu seras grand !
» Tu verras à tes pieds, les monarques, les reines,
» Subjugués, asservis, oublieux de leurs peines,
» T'écouter, enchaînés, le cœur tout palpitant.
» Tu verras des beaux yeux couler les douces larmes...
» Que tu fasses frémir, rêver ou que tu charmes,
» Seul, tu seras toujours et partout triomphant.
» Un jour, tu deviendras une légende, un mythe
» Unique, sans rival... Les siècles à venir,
» Qu'un émule éminent te dédaigne ou t'imite,
» Garderont de toi seul, le seul grand souvenir.
» Du sceau du Créateur, tu porteras l'empreinte !
» Le signe qui commande, et, prodige infini,
» Fait incliner les fronts sous l'amour et la crainte. »
Cet artiste sublime était Paganini !

LA PETITE SŒUR MORTE.

Ma petite sœur est morte,
Je l'ai vue encore hier ;
Une heure avant qu'on l'emporte,
Elle paraissait prier ;

Elle était comme les saintes
De l'église en marbre blanc ,
Et ses petites mains jointes
Et sa bouche souriant ;

Elle avait sa robe blanche ,
Des rubans bleus sur son sein ,
Comme elle était le dimanche ,
Un petit christ dans sa main,

O mon Dieu ! qu'elle était belle
Pour aller en Paradis !
Tout était sombre autour d'elle...
Son front brillait comme un lis.

La pâle lueur du cierge
Sur son visage flottant ,
On eut dit la petite Vierge
Lorsqu'elle était une enfant.

J'ai baisé son front de glace...
J'étais saisi de douleur ;
Elle sourit avec grâce...
Elle n'a plus que bonheur.

D'une étreinte douloureuse
J'inondais de pleurs ses bras ;
Elle était donc bien heureuse ?
Car elle ne pleurait pas !

On dit qu'elle était trop bonne,
Petite rose au linceul !
Parce que Dieu qui la donne
L'a reprise pour lui seul.

La nuit je l'ai vue en songe,
Son regard me soulagea ;
Reviens souvent doux mensonge...
C'est donc un ange déjà !

O ma sainte, à Dieu si chère,
Prie avec tout ton amour,
Afin que ton petit frère
Puisse te revoir un jour !

CHIEN ET CHAT,

HISTORIETTE.

A M. Saint-Paul Bridoux.

Léontine et Zampa, compagnons dès l'enfance,
Se chérissaient comme deux bons amis ;
Celui-ci, chien de race, altier, plein de vaillance,
Pour la petite chatte était humble et soumis.
C'était charmant de voir à la lutinerie
De la chatte, Zampa toujours doux, patient
      Et répondre le plus souvent
      En caresse, en câlinerie
Aux niches de l'espiègle avec un air content.
Ils prenaient leurs repas dans une même assiette,
Mais sans que l'appétit si vorace du chien
Troublât jamais celui de la chère minette...
      La plus délicate miette
Était toujours pour elle et son droit et son bien.
Or, un jour que les eaux ayant rompu leur digue
Menaçaient d'envahir la ville et le logis,
Les maîtres effrayés, de leur Zampa suivis,
Gagnèrent un lieu sûr excédés de fatigue ;
Mais à peine arrivés, le bon chien disparut.
Franchissant tout obstacle, il bondit, accourut
      Au seuil de la maison déserte ;
      Jappant, hurlant, pleurant, grattant

Pour que la porte fut ouverte.
A cause de son petit chat
La pauvre Léontine était seule restée.
Son instinct l'avertit du dangereux état...
Miaulant tristement et sur le toît montée,
Elle appelait en vain, de faim morte à demi.
Aux hurlements plaintifs de son fidèle ami,
Son petit dans la gueule elle accourt à la hâte ;
Du périlleux sentier sait où poser la patte,
Et sans perdre de temps au plaisir, au repos,
Zampa fou de bonheur l'emporte sur son dos.
  Tantôt courant et tantôt à la nage,
Car de tous les côtés on voyait monter l'eau,
    Il arrive enfin tout en nage
    Avec son doux et cher fardeau.

    Voulut-il par ce trait superbe
    Nous démontrer avec éclat,
    La fausseté de ce proverbe :
    Se haïr comme chien et chat ?

LA PREMIÈRE COMMUNION.

A Mlle Blanche de Chevesrrf.

Dans l'église, où se presse une foule fidèle,
Où tout brille et sourit, la lumière étincelle,
Et des dons du printemps, la verdure et les lis
Couvrent les murs du temple, embaument le parvis.
Un nuage d'encens et de feuilles de roses
Voile à demi l'autel où le saint prêtre expose
Aux regards éblouis le pain dans l'ostensoir.
Au doux balancement des feux de l'encensoir.
On dirait que l'église, épanchant la richesse
De ses plus doux trésors, veut fêter la jeunesse,
Et dépouille en ce jour toute l'austérité,
Pour n'être que douceur, grâce et félicité.
Là, de jeunes garçons, de blanches douces vierges,
Dont les regards mouillés scintillent sous les cierges,
Dont les visages purs, modestes et pieux,
Semblent nous retracer les beaux anges des cieux.
Là, plus loin, derrière eux, la mère de famille
Bénissant le Très-Haut du bonheur de sa fille,
Des pères tout émus, une amie, une sœur,
Tous paraissent avoir une seule âme, un cœur.
De l'orgue les accords, harmonieux murmures,
Chants sacrés, poésie, hymnes saintes et pures
Ne sont plus qu'une voix échos des harpes d'or
Qui chantent Jéhova... Plus éloquent encor,
Un silence profond succède aux harmonies :
O moment solennel ! extases infinies !

6

Le Seigneur seul entend le battement des cœurs ;
De l'adoration les ferventes ardeurs ;
C'est tout l'être interdit de la splendeur divine ,
Il ne peut plus parler, jusqu'à terre il s'incline ;
C'est le rayon de Dieu qui vient voiler ses yeux,
L'invisible union de la terre et des cieux.
Mais le prêtre bénit .. son accent est si tendre
Qu'on croit sentir des pleurs dans sa voix se répandre ,
Et ses bras vers le ciel étendus et tremblants,
S'abaissent tout émus sur deux files d'enfants
Qui viennent deux à deux au pied du sanctuaire
S'unir au Dieu caché sous l'adoré mystère.
Sur ces fronts enfantins inclinés vers l'autel,
Quelque chose de saint, de grave et solennel
De leur jeune âge encor vient rehausser la grâce.
On dirait qu'autour d'eux une aile d'ange passe,
Et que du mets divin, les séraphins jaloux,
Pour venir l'aspirer, sont près d'eux à genoux.
C'est que dans ce moment l'âme reçoit la vie ,
D'un bonheur ineffable elle est toute ravie ;
C'est que ces jeunes cœurs goûtent la paix des forts,
Savourent de l'amour les suprêmes efforts.
C'est qu'à ces blancs agneaux sourit l'agneau sans tache
Qui se donne lui-même et dans leur cœur se cache,
Pour nourrir ces enfants, petits frères chéris,
Du pain de ses élus, gage du Paradis.
Est-il en ce moment un être qui ne prie
Le Dieu qui se révèle à son âme attendrie ?
Qui ne sente couler des larmes de ses yeux,
Se déchirer leur voile et s'entr'ouvrir les cieux ?

LE LISERON ET LA STATUE.

A M. O. de Barral.

Un pauvre liseron traînait dans la poussière,
Pourtant à remonter tout en lui le poussait;
Mais il cherchait en vain la vie à la lumière,
Les forces lui manquaient, soudain il retombait.

Près de là s'élevait une statue antique
De sagesse et d'honneur, précieux souvenir;
Pour atteindre à ses pieds, le liseron s'applique
Et par tous ses efforts il put y parvenir.

    « Toi, dit-il, toi que le monde révère,
       » Toi dont le mérite exemplaire
» Fait incliner les fronts et battre tous les cœurs,
       » Prends pitié d'une humble détresse,
       » Rends-moi la brise qui caresse,
       » Rends-moi le soleil ou je meurs.
    » Par ton appui, je reprends ma parure...
    » Je pourrai rendre au Dieu de la nature
       » Mon hommage reconnaissant;
       » Célébrer tes vertus si grandes,
       » Et de parfums et de guirlandes
       » Embellir ton fier monument. »
    La prière fut entendue...
    Cette magnanime statue

Du pauvre suppliant appaisa la douleur.
Bientôt le liseron s'élève
Brillant, radieux, plein de sève,
De fleurs il couronna son aimé protecteur.

La perle de la conscience,
Enfants, c'est la reconnaissance !

LE BOUTON PRÉCOCE.

A Mlle Marguerite de Gransagne.

Un jeune bouton de rose
Naquit d'un rayon de soleil,
Quand la nature encor repose
De son lourd et triste sommeil.
Bientôt le pauvre solitaire
Ne pouvait tarder à souffrir...
La neige recouvrit la terre,
La pauvre fleur allait mourir.
» Toi qui m'as donné la naissance,
» Dit le bouton triste et glacé,
» Veux-tu me rendre à l'espérance,
» Prendre pitié du délaissé ?
» Rends-moi la vie à ta douce lumière,
» Fends le nuage et brille dans l'azur !
» Ne sois pas insensible à mon humble prière,
» Viens recevoir encor mon encens le plus pur. »
Le rayon reparut sur la fleur attendrie
De gratitude et de bonheur !

Ainsi pour toute âme qui prie,
Dieu calme l'amère douleur.

6.

LE LIS.

Le lis, ce vase pur de blancheur éclatante,
S'élève éblouissant sur sa tige élégante ;
      Règne sur la troupe charmante
      Des fleurs qui brillent à l'entour.
Qu'avec un saint respect votre main téméraire
Ne tranche pas le fil de sa vie éphémère ;
      Que votre œil admire et révère
      Cet emblême du pur amour :
Ce calice aspirant la céleste rosée,
Albâtre en innocence et brillant d'or au cœur ;
A son divin parfum que votre âme embrasée
      Dédaigne le plaisir trompeur...
Craigne l'ombre du mal, du piège se détache.

      Ce n'est que dans un cœur sans tache
      Que réside le vrai bonheur !

LE SOUCI.

« Comment peut-on aimer les couleurs de la rose
» Et son parfum si fade à vous porter au cœur ?
» On les voit tous courir à la piquante fleur »
Disait fort aigrement le souci tout morose.
« Les voyez-vous ? L'un dit : Ah ! qu'elle est belle !...
» L'autre, en la respirant, on dirait qu'il la boit !
» Pour ton goût dépravé, nigaud, mets-y le doigt,
» Tu sentiras bientôt la blessure cruelle ! »

Dans un carré voisin, un beau chou lisse et blanc
Comme un front de vieillard mûri par la sagesse,
Lui dit sans s'émouvoir : « Souci, tu perds ton temps.
       » C'est l'envie avec sa bassesse
       » Qui te fait lancer tous ces traits :
       » Crains qu'elle-même te punisse...
       » La rose n'a pas moins d'attraits ;
       » Mais tu te donnes la jaunisse
       » Et tu n'en sens que plus mauvais. »

LE DINDON.

Un gros dindon faisant la roue
Se pavanant fier dans la basse-cour,
Regardait comme de la boue
Les volatiles d'alentour.
« Moi, je suis le roi des volailles,
» Leur disait-il, inclinez-vous canailles...
» Regardez comme je suis beau ! »

Mais d'un renard tapi sous la branche touffue
On voyait poindre le museau.

« Roi, criait la troupe éperdue,
» Défendez-nous si vous êtes le chef. »
Mais le dindon quittant son attitude fière,
Oubliant sa gloire première
Et de sa morgue le grief,
Alla se cacher par derrière.

Des sots et des lâches sans cœur,
L'orgueil est souvent l'apanage ;
Si vous éprouvez leur courage,
Il ne leur reste que la peur.

LA CONSPIRATION DE LA LUNE.

Phœbé ne se contentait plus
D'être des nuits la souveraine,
Et pour son ambition vaine
Il lui fallait la splendeur de Phébus.
Elle interpelle ainsi tous les astres sans nombre !
« Vous qui ne scintillez qu'à l'heure du sommeil,
» Ne brillez qu'à la nuit sur le désert et l'ombre,
» Écoutez-moi, tâchons d'éteindre le soleil.
 » Je serai la reine du monde
» Et je n'oublierai pas tous vos efforts, amis.
» Les hommes nous auront gratitude profonde ;
» Ils sont, par le soleil, desséchés et rôtis,
 » Brûlés comme la salamandre...
 » Notre éclat si doux et si tendre
 » Est plus favorable à leurs yeux
 » Et leur permet de contempler les cieux.
» — Bravo ! dit Jupiter, oui, de tout cœur j'accède
 » Et l'on peut compter sur mon aide
 » Pour châtier cet astre insolent.
» Toujours autour de lui tourner sur mes orbites
 » Avec mes pauvres satellites,
 » En vérité, c'est dégradant !
» Je veux par-ci, par-là, selon mon agrément
 » Me promener tout à mon aise !
 » — Moi, d'être toujours sur la braise,

» Je suis vraiment fort las aussi,
» Lui dit Mercure tout roussi ;
» Mais si je vous soutiens, Madame,
» Il faut me donner sur mon âme
» L'oasis et la mer, la fraîcheur de Tempé,
» L'éventail odalisque après avoir soupé. »
Vénus, en souriant d'une façon bien tendre,
Demande les autels pour sa seule beauté.

  Bientôt ce fut auquel entendre !
L'un voulait le plaisir, l'autre la dignité.
Les rois des Glorias, la grande ou petite Ourse
Qu'on ralentit beaucoup leur entraînante course ;
Castor, Pollux, tous les coursiers fougueux ;
Saturne dix anneaux ; Ariane des couronnes ;
Le Lion la maîtrise ; Orion des colonnes ;
Plus de ligne ou filet pour les poissons heureux !
Le Bélier, le Taureau voulurent des prairies
Et sans retard fermer toutes les boucheries ;
La Vierge rétablir primitive candeur ;
La Balance partout que régnât la justice ;
Jamais de faux cheveux insistait Bérénice ;
Le Chêne réclamait le respect au malheur ;

  Et les Comètes entêtées
  Se prétendaient fort maltraitées
  Si l'on ne doublait leur longueur ;
  Enfin les petites Lactées
  Retinrent tout poste d'honneur.

  La discussion fut si longue
  Qu'on ne vit pas une lueur oblongue
A l'Orient s'allonger comme un pli...
De fatigue déjà chacun avait pâli.

« Astres ingrats ! dit le Soleil terrible,
  » Vous n'êtes sans moi que néant ;
 » Car, sans mon œil, tu serais invisible ,
» Lune à qui mon ardeur donne un effet puissant.
  » C'est mon reflet qui vous décore
  » Et c'est ma puissance qui dore
» Votre éclat incertain un instant apparu.
» Si je n'étais ainsi quels seraient les désastres !... »
Il regardait encor... mais tous ces pauvres astres
  De frayeur avaient disparu.

  La morale que j'ai saisie
  De cette fable, la voici :
  Il faut dire à Dieu grand merci
  De n'être pas à la merci
De notre ambition, de notre fantaisie.

LES DEUX NIDS.

Tirée de LAMENAIS, *Paroles d'un Croyant.*

A Mlle MARIE-ANTOINETTE PEYROT.

Dans le fond d'un buisson, deux jolis petits nids
    Étaient placés côte à côte;
  Les charmants hôtes du logis
    Eurent vers la Pentecôte
Chacun leur famille d'oiseaux.
Dans ce lieu propice au repos,
Les petits venaient à merveille;
Chaque mère, à l'aile vermeille,
  Fière de ses nourrissons,
  Allait courir les vallons
Pour nourrir sa chère couvée;
Après la cueillette achevée
La rapportait au nid charmant
Qui s'égayait en attendant...
Rien n'était aussi ravissant.
Or, un jour de triste mémoire,
Un grand vautour à l'aile noire,
Qui les guettait sur le chemin,
Saisit l'une des pauvres mères...
Que furent les plaintes amères
Des petits qui criaient la faim!
Mais l'autre mère bienfaisante
Apaisa leur douleur navrante.

Le cœur ému de pitié ,
A chaque douce créature ,
De ses soins , de la nourriture ,
Elle donna la moitié.

Dieu , c'est le père
De l'orphelin ;
S'il prend la mère ,
Il le prend par la main.

LE PROFOND POLITIQUE.

Un pédant n'est pas supportable,
Mais c'est encor plus détestable
Lorsque l'on voit un jeune enfant
Se donner un air important.

Eugène entendant chez son père,
Avocat d'un très-grand renom,
Parler de la paix, de la guerre,
S'était fait une opinion
Sur toute matière grave ;
Jugeant, discutant les lois,
Depuis les droits de l'esclave
Jusques aux pouvoirs des rois.
Et prenant un air d'importance,
A la classe il disait un jour :
« Je crains un danger pour la France !
» Bismark nous jouera quelque tour
» Si notre Empereur n'y prend garde !
» La Russie aussi nous regarde... »
« — Et moi, je vous regarde aussi, »
Dit au politique ébahi
Le professeur, « et je vous joue
» De même un tour de ma façon :
» Un pensum dans Bourdaloue

» Et point de récréation !...
» Allez morveux ! avant que d'être Russe,
» Travailler pour le roi de Prusse ! »

Enfants, la franchise
Est votre devise,
    Avec bonté
Et simplicité.

LE POMMIER.

A Mlle Maria Buthault.

Que l'air est doux ! la violette embaume !
Vivre est si bon par ce beau temps !
Un bleu velours partout s'étend
Comme le pavillon de l'homme
Sur le vert si tendre du champ.
Les arbres sont blancs, rouges, roses,
Touffus, couverts de belles fleurs,
Avec les frais lilas et les premières roses,
Rivales de beauté, de grâces, de senteurs.
L'amandier jette au ciel sa tige gracieuse,
La cerise au blanc pur ses panaches si doux.
Que la fleur du pêcher est donc délicieuse !
Mais le pommier est le plus beau de tous.
Les lilas en furent jaloux.

« Il faut, lui dirent-ils, que sous ta fleur se cache
» Quelque poison subtil, quelque défaut ou tache ;
» Pares-tu comme nous le front de la beauté ?
» De la Vierge l'autel ? les vases de l'Église ?
» Par cette avide main, qui nous cueille et nous brise,
        » Tu sembles toujours rejeté.

» — Non, lui dit le pommier, mais en moi je renferme
        » Un fruit sain, doux, délicieux,
» Et l'homme me respecte en attendant le terme
» De recueillir ce mets pour lui si précieux.

» Ce n'est pas par dédain, c'est par un soin extrême
» Qu'on me laisse en repos... On m'admire et l'on m'aime...
    » N'en sois point jalouse ma sœur !
» Beauté, grâce, vertu, ce qui séduit et charme,
» Talents, savoir, esprit, bonheur ou douce larme,
    » Fleurs et fruits sont au Seigneur. »

Chers enfants, sur votre jeunesse
Nos soins s'épanchent jour et nuit,
Récompensez notre tendresse
Après les fleurs donnez du fruit.

SUITE DE LA CIGALE ET LA FOURMI

De Lafontaine.

La cigale à demi mourante
S'en alla, mais sur le chemin
Une dame compatissante
Par pitié la prit dans sa main,
Et dans une boîte ouatée
La nourrit pendant tout l'hiver...
La pauvre cigale enchantée
Lui répétait son plus bel air.
Alors la fourmi furibonde
De se plaindre et se récrier :
« Voyez ce que c'est que le monde !
» On me traite comme être immonde,
» Souvent on détruit mon grenier.
» La chanteuse, la vagabonde,
» La propre à rien se fait choyer
» Quand je me tue à travailler.
» — Pourquoi te fâches-tu ma mie?
» Dit la cigale à son amie.
» Le bien que ta haine m'envie
» Ne t'enlève rien à toi.
» Cesse donc tes patenôtres,
» Quand on n'est bon que pour soi
» Faut-il envier les autres ! »

LOI ET CHARITÉ.

Un jour un souverain (1) versait avec largesse
L'aumône au malheureux à sa porte accroupis ;
Près de là cependant, insultant la détresse,
Un poteau sans pitié portait ces mots inscrits :
      Dans la ville et son étendue
      La mendicité défendue.

« Sire, lui dit quelqu'un, vous violez les lois
» Auxquelles sont soumis les sujets et les rois. »
« — Au précepte divin doit n'échapper personne, »
Répondit l'Empereur avec grâce et bonté.
      « Loi défend mendicité,
      » Charité commande aumône. »

(1) Napoléon III.

L'ABEILLE ET LE PAPILLON.

A Mlle Marie Ménec.

Posés tous deux sur une fleur vermeille,
Le papillon dit un jour à l'abeille :
      « Pourquoi l'homme, méchant pour nous,
      » Te donne-t-il un soin si doux ?
      » Par ses soins, une ruche close
      » T'abrite du froid des hivers,
      « Et quand un instant je repose
      » Vite on me poursuit dans les airs.
            » Si dans ma course légère
            » Je n'échappais au filet,
            » Une épingle meurtrière
            » Serait souvent mon arrêt...
            » Vit-on cruauté pareille ! »
            « — Il est vrai, reprit l'abeille,
            » Je plains ton funeste sort :
            » Ta beauté cause ta mort.
            » Toi, bijou de la nature,
            » Tu ne plais que par les yeux ;
            » Mon miel, douce nourriture,
            » Ma cire valent bien mieux.
            » Tu flânes avec paresse,
            » Moi je travaille sans cesse ;
      » Enfin, tu n'as que la beauté
      » Et nous avons l'utilité. »

Comme l'abeille diligente,
Du travail tu reçois le don;
Mais aussi tu seras charmante
Comme le léger papillon. »

LE PETIT LAPIN.

A M. Édouard Dronsart.

« Ah ! qu'il fait bon dans la rosée
» A courir le matin au frais !
» Rester ici... quelle risée !
» Je dis oui pour avoir la paix.
» Aussitôt que l'œil qui me veille
» Me laissera seul dans ce coin,
» Oh ! j'en jure par mon oreille,
» J'irai me promener bien loin ! »
Ainsi dans sa jeune cervelle
Raisonnait un petit lapin,
Jugeant la crainte maternelle
Un préjugé tout à fait vain.
Il s'échappe et tout dans sa route
Est d'abord vif enchantement ;
Il court, il tourne, gambade et broute,
Saute joyeux le nez au vent ;
Tantôt une mouche qui vole
Est pour lui spectacle enchanteur,
Un papillon sur la corolle
De quelque ravissante fleur ;
Ou tantôt c'est l'eau de la source
Qui gazouille dans les vallons ;
Enfin, fatigué de sa course,
« Voyons, se dit-il, retournons. »
Hélas ! pauvre petite bête !

Il ne connaît plus son chemin !
Pour n'avoir suivi que sa tête
Quelle sera son triste destin !
   Dans sa douce flânerie
   Il avait tout oublié,
   Nulle part dans la prairie
   Trace de son petit pied.
   Mais tout à coup dans la plaine :
Pan ! pan ! pan ! des coups de fusil !!!
   Pour fuir ta course est bien vaine,
   Pauvre lapin si gentil !...
   Le chasseur au cœur de roche
   Ne manqua pas ce beau coup,
   Et le lapin à la broche
   Fut trouvé fort à son goût.

   Enfant, crains faute pareille,
   Écoute ce qu'on te dit :
   Si tu fixais ton esprit,
   Tu serais une merveille.

LA PETITE MARGUERITE.

Elle était délicieuse,
Élégante et gracieuse
La belle petite enfant!
Son pied, comme une alouette
Effleurait la paquerette
Sans la plier en courant.

Le vent joue avec sa tresse,
Le papillon la caresse
La prenant pour une fleur;
L'agneau bondit avec elle,
A sa fraîche voix il bêle
Comme si c'était sa sœur.

« N'approchez pas, dit sa bonne,
» De ce beau lac bleu profond;
» Un grand loup noir en personne
» S'est retiré tout au fond. »

Et la bonne rassurée
Par ce mensonge inédit,
Laisse l'enfant adorée
Non loin du piége interdit.

La petite curieuse
D'abord un instant joyeuse,

Seule se dit tout à coup :
« Je connais la fleur nouvelle
» Le grillon, la sauterelle,
» Je voudrais voir ce grand loup ?... »

Et la voilà sur la rive
Cherchant au fond de l'eau vive...
Au lieu de loups noirs crépus,
C'est une gentille chose,
Un petit visage rose
Et des cheveux blonds touffus.

« Mais c'est moi ! je suis jolie !
» Ma bonne a donc la folie
» De voir des loups, dit l'enfant ? »
Sa tête alors se penchant,
La gentille Marguerite
A péri... Pauvre petite !...

Il ne faudrait jamais mentir
A l'enfant... C'est le pervertir.

L'HIRONDELLE ET LE REQUIN.

Une hirondelle en traversant les ondes ,
Lasse d'efforts , tomba sur un requin
Qui réchauffait sur les vagues profondes
Son vaste dos au soleil du matin.
« Ah ! laisse-moi reposer, lui dit-elle,
» Pour un instant, tu n'en peux pas souffrir ;
» Si je survis, au printemps à venir ,
» J'apporterai quelque bonne nouvelle. »
« — Pour fuir ainsi , cela ne sent pas bon , »
Lui répondit sans pitié le poisson.
« A tes trousses peut-être est déjà la police,
    » On peut m'inquiéter fort bien...
    » Mon salut passe avant le tien ! »
Et d'un seul bond il plonge au précipice.

Implorer les méchants , c'est servir leur malice ;
    Quoiqu'il ne leur en coûte rien ,
    Ils n'aiment pas rendre service.

LA POMME D'APIS.

Après la récolte cueillie
Parmi les feuilles on oublie
Une belle pomme d'apis ;
Blanche, appétissante et vermeille
Comme celle du Paradis.
On aperçut cette merveille
Quand l'aile de glace eut passé.
Un enfant rose et blanc comme elle,
Pour l'atteindre monte à l'échelle,
De mordre dedans est pressé ;
Mais soudain il fait la grimace,
Sur son visage une ombre passe,
Le morceau friand rejeté...
La pomme avait le cœur gâté.

Craignez qu'une vaine apparence
Ne vous séduise trop souvent.
Choisissez pour l'ami d'enfance
Le cœur le plus pur, le plus franc.

LE POISSON VOYAGEUR.

« Qu'est-ce qu'on voit ici ? Rien que le ciel et l'onde ;
» C'est à périr d'ennui... Je veux voir du pays ;
» Car si dans cette mer monotone et profonde
» Il faut passer mes jours, j'en mourrai de soucis !... »
Ainsi se lamentait, à la bouche d'un fleuve,
    Un beau poisson à l'écaille d'argent,
    Et du nouveau, le désir le poussant,
Il s'élance joyeux ravi de son épreuve.

« Quel est cet inconnu, ce brillant étranger ? »
    Disaient les habitants de l'onde ;
» Vient-il nous enrichir, nous défendre ou manger ? »
Mais lui sans arrêter sa course vagabonde ,
Il contemplait, ravi, les prés, les champs, les bois,
    Le mouvement joyeux des villes ,
    Les vagons déroulant par files ,
    Les girouettes sur les toîts.
    Parfois une barque rapide
    A sa poursuite s'élançait ;
    Mais notre poisson intrépide
    D'un bon échappait au filet.

Il côtoyait un soir les rives de la Creuse ,
    Lieux enchantés, bénis du ciel ;
    Dans cette eau limpide et berceuse
    A des rêves doux comme miel
    Il s'abandonnait sans contrainte.

« Vais-je leur en conter dans cette vaste enceinte
    » Où l'on ne voit rien, ne sait rien !
» Ah !... Toutes les beautés ici sont amassées !...
» Encore un bout de route, encor quelques brassées,
» Je retourne au pays, disait-il, tout va bien ! »

Du ravissant moulin placé sur la rivière
Le beau meunier Denys était un fin matois ;
Le poisson en passant rencontra sa barrière,
Un solide filet qui résistait au poids.

Et vers l'aube, Denys cria : « Venez ma femme !
» Holà ! garçons, debout ! Il est pris tout vivant !
» Accourez donc le voir ! Non, jamais sur mon âme
» La Creuse n'a porté de poisson si brillant !
» Comme un Préfet, il est d'or et d'argent !
» Prévenez les amis d'une aubaine pareille ;
» Je régale... je veux fêter cette merveille !
» Avec du vin du crû faisons en son honneur,
» Dès ce soir, un souper digne de l'Empereur ! »

    Dans ce monde si téméraire,
Nous ne devons pas trop descendre ni monter ;
Il vaudrait beaucoup mieux se tenir dans sa sphère...
    On est bien plus sûr d'y rester.

LA SERRE.

A Mme GRAND'HOMME.

Dans une serre magnifique,
Toute la richesse exotique
Étalait ses mille couleurs ;
C'étaient des merveilles sans nombre
Et des feuillages d'un vert sombre,
Des plantes, bijoux enchanteurs.
C'étaient les douces azalées
Semant leurs têtes étoilées
Sur les brillants géraniums ;
Les camélias, les acanthes,
Comme les ceintures charmantes
Des glorieux rododendrums ;
On voyait des plantes d'Afrique
Se tordre comme des serpents,
Des aloès d'un prix unique
Qui fleurissent tous les cent ans ;
Et des fleurs qui lancent des flèches
Ou d'autres dont les pourpres mèches
Semblent des flambeaux allumés ;
Langues de feu toutes aiguës,
Chaînes en spirales tordues,
Coupes d'or et cœurs enflammés.
Avec un soin, une adresse infinie,
Qui semblait tenir du génie,
Le jardinier donnait à chaque fleur
Ce qui convient aux mœurs, à la couleur...
On aurait dit même patrie,
Même origine et même cœur.

Un jour que dans son allégresse,
Il contemplait avec ivresse
Tous ces êtres divers que sa main rassemblait
Et qu'en les inspectant, fier il se promenait.

Sur leurs désirs toujours en garde,
Une humble plante du pays
Qui se trouvait là par mégarde
Vint le tirer par ses habits.

« Ote-moi de là, lui dit-elle,
» J'étouffe et je meurs faute d'air ;
» Comme un oiseau qu'on a privé de l'aile,
» Je voudrais m'élever, m'élancer dans l'éther !
» Cette atmosphère d'eau bouillante
» M'allanguit et me fait mourir ;
» Oh ! rends-moi ma plaine charmante
» Où le papillon peut courir ;
» Rends-moi l'air pur de mes montagnes
» Et les coteaux où mes compagnes
» D'étoiles vont parer les champs,
» Et le matin où la rosée
» Humecte la plaine irrisée,
» Où l'oiseau ravit par ses chants
» Laisse à l'étranger la conquête
» D'étonner les sens et les yeux ;
» Il faut pour abriter ma tête
» L'immensité des cieux. »

Vous, Madame, à toute infortune
Votre cœur s'émeut de pitié ;
L'humble plainte, pour lui, n'est jamais importune,
De lui le malheureux n'est jamais oublié.

LES DEUX CORNEILLES PROPHÉTESSES.

Sur les créneaux ruinés d'une antique tourelle,
Deux corneilles un soir se contaient leurs malheurs ;
La plus vieille en ces mots exhalait ses douleurs :
« A peine je naissais, qu'une horde cruelle
» Vint piller et brûler ce féodal château...
» Tombe de mes aïeux et qui fut mon berceau.
» Depuis ce jour sinistre, errante et vagabonde,
» Je me suis demandé ce que voulait le monde
» De ses luttes sans fin, ses changements divers...
» L'homme depuis ce temps a mis tout à l'envers.
» Il bouleverse tout sur notre pauvre globe,
» Coupe les continents et déplace les mers.
» A son choc acharné, plus rien ne se dérobe,
» Du haut sommet des monts au fond des flots amers.
» Il perce, il creuse, il fouille, ébranle les montagnes,
» De ses routes de fer empeste les campagnes ;
» Sur la terre et sous l'onde, avec un fil d'airain,
» Il peut partout s'entendre ou se donner la main,
» Et n'en est que plus près de se faire la guerre...
» La machine à tuer, c'est le premier progrès !
» Il en faut découvrir une enfin tout exprès
» Pour raser d'un seul coup la terre tout entière !
» Ce n'est plus le courage et l'art ou la valeur,
» Ce n'est qu'elle aujourd'hui qui donne la victoire...
» Oh ! mes preux chevaliers ! que serait votre gloire !
» Près du tir Chassepot, de l'aiguille à vapeur !

» L'homme serait bientôt lui-même une machine,
» Vivant, mouvant, voguant de la table à l'usine,
» S'il n'était comme étreint d'une invincible loi
» De locomotion pour je ne sais pas quoi !
» Un monstre vomissant une épaisse fumée
» Le promène en tous lieux sans qu'il soit plus content ;
» Il n'a plus de patrie et de famille aimée,
» Plus d'amour, de vertu, plus rien que de l'argent !
» Ah ! pour le conquérir, il n'est rien qu'il immole,
» On le voit s'élancer de l'un à l'autre pôle,
» Où lassé de ce sol mis sans dessus dessous,
» Chercher jusque dans l'air un triomphe plus doux.
» Nous le verrons partir pour quelqu'autre planète
» Et de la terre un jour, il fera maison nette.
» Bon voyage ! Pourvu qu'il ne revienne pas,
» Sur le monde en débris, nous prendrons nos ébats ! »

La plus jeune à son tour lui dit : « Que ma parole
» Ranime un peu l'espoir dans votre cœur saisi ;
» Un avenir nouveau s'approche ! Il court, il vole,
» Balayant de son aile un passé tout moisi.
» Ne sentez-vous donc pas que la terre tressaille ?
» Qu'elle crie à chacun: Prends courage ! travaille !
» A ce cri, tout s'émeut, tombent brisés les fers ;
» Non, pas plus qu'autrefois le monde n'est pervers.
» Nous n'avons plus les temps des sinistres oracles...
» L'homme a reçu du ciel le secret des miracles.
» A chaque heure un prodige ! un soleil se levant,
» Qui plonge dans la nuit la dernière étincelle
» Qu'on croyait météore une heure auparavant.
» Mais la lueur grandit chassant la nuit rebelle
» Plus noire et plus terrible en son dernier combat.

» Laissons-lui donc livrer une lutte dernière

» Comme du désespoir la rage meurtrière

» Étreint de ses doigts morts le vainqueur... puis s'abat!...

» Mais au grand jour, des mains s'échapperont les armes,

» Plus de guerre. de sang, plus de crimes, de larmes ;

» Les peuples s'embrassant éblouis seront un,

» Et le bonheur de tous, le bonheur de chacun. »

L'ENFANT ET LES RASOIRS.

Pendant l'absence de sa mère,
Un jeune enfant bien drôle et bien futé,
Dans le cabinet de son père
Sans qu'on le sut était resté.
Voilà mon curieux qui remue et furette,
Découvrant la moindre cachette,
Fouillant, ouvrant tous les tiroirs,
Il trouve la boîte aux rasoirs,
Avec le pot, la huppe et le pain à savon.
« Bon ! dit-il triomphant, je vais faire ma barbe !
» Eugène, élève à Sainte-Barbe,
» Il fume bien des puros ! »
Assis sur un coussin et la serviette au dos,
Le bambin barbouille de mousse
Toute sa petite frimousse,
Entamant l'opération
Et d'un poil inconnu ratissant son menton.
Mais la mère arrivait, stupéfaite, haletante,
En voyant scintiller la lame étincelante
Dans la main de son fils chéri.
Sans sa frayeur, elle aurait ri
De voir cette drôle figure ;
Il aurait bien pu s'égorger,
Mais Dieu voulut le protéger...
Il ne fit qu'une égratignure.

En voyant sa maman , son effroi le frappa :
　　« Ah ! lui dit-il, petite mère,
　　» Tu ne peux pas être en colère...,
　　» Je l'avais vu faire à papa ! »

　　　Dans le siècle où nous sommes
　　　On veut faire des hommes
　　Avant le temps et la raison.
　　Age d'innocence et de grâces
　　Je voudrais ressaisir tes traces
　　Prolonger ta douce saison.

L'ORGUEILLEUX CORRIGÉ.

Un jeune et beau garçon qu'on avait trop gâté,
Devenait insolent, bouffi de vanité,
Se croyait au-dessus de toute la nature,
Écrasait de dédain la pauvre créature
Qui n'avait pas son rang, son or, sa qualité.
     Après un avis salutaire
    En vain donné, de son orgueil, le père
      Entreprit de le corriger.
Un beau matin il demande à manger :
« Va, dit le père, enfant, trouver le boulanger. »
« — Monsieur, dit l'artisan, pour votre nourriture,
» Je passe jour et nuit ma vie à la torture,
» Ébranlant tout mon corps pour pétrir votre pain
» Et le cuisant au four ainsi que le levain,
» Très-jeune bien souvent, je succombe à la tâche ;
    » Mais aujourd'hui j'ai fait relâche.
» Allez donc au meunier, la farine a manqué,
» C'est à deux pas d'ici, la rue après le quai.. »
Il trouve en arrivant la femme tout en larmes :
« Ah ! mon Dieu ! quel malheur ! ô mortelles alarmes !
» Mon cher mari, Monsieur, dit-elle, il s'est blessé !...
» Aux ailes du moulin son pied embarrassé
    » S'est trouvé pris dans l'engrenage ;
    » Il croyait parer à l'orage,
» Mais l'ouragan a pris tout le reste du grain...
» Allez chez le fermier qui fournit le moulin. »
« — Monsieur, dit celui-ci, j'ai bien de belles gerbes,

» Mes laboureurs sont forts et mes bœufs sont superbes...
» On n'en trouverait pas au pays d'aussi gras ,
      » Mais jugez de mon embarras :
      » Le batteur s'est cassé le bras !
» Et le blé qui restait on est allé le vendre. »
« — Ce n'est pas mon affaire et moi j'ai très-grand faim !
» Faut-il donc tant de gens pour un morceau de pain ? »
Dit le pauvre orgueilleux. Mais son père si tendre
Ne voulut pas pousser plus loin cette leçon ;
Il suivait son enfant et lui dit : « Mon garçon ,
» Tout est dans cette vie un échange équitable ,
» Donne l'or, le savoir, le conseil respectable ,
» On te donne du pain , logis et vêtements...
» On pare tes loisirs de tous les agréments !
» Le riche bienfaisant trouve gratitude ample !...
» Donne à tout ton respect, donne surtout l'exemple ,
» Et tu seras payé par le prix convenu. »
Je ne sais si l'enfant comprit la parabole
Et s'il a conservé cette saine parole ,
Mais de son jour de jeûne il s'est bien souvenu.

LE MENTEUR.

Un arbre de belle apparence
Avait rendu des feuilles et des fleurs
A faire croire à l'abondance
Des fruits et précoces primeurs ;
Mais quand la saison fut venue,
Quelle fut la déconvenue !
Sous son orgueil, on ne trouvait plus rien.
« En toi, j'avais placé mon espoir et mon bien,
» Tu ne tromperas plus longtemps par ton mensonge,
» Dit le maître irrité... tu n'es bon qu'en fagot. »
De sa lourde cognée il le frappe, aussitôt
L'arbre est tombé comme un vain songe.

Celui qui trompe une fois
N'a de personne confiance ;
Aurait-il de la conscience,
C'est un menteur !... Je ne le crois !...

LA FLEUR DU RAVIN.

Dans le fond obscur d'un ravin
S'épanouit une fleurette.
« Pourquoi tant de grâce, ô pauvrette !
» Et pour qui ton parfum divin ?

» Tu n'entends pas chanter la brise,
» Tu ne vois pas le jour vermeil !
» Pour toi, nul baiser de soleil,
» Pour toi, nul rayon qui luise !

» Quelle voix a pu te bénir
» Et quel regard sur toi se penche ?
» Pauvrette !... et dans quel cœur s'épanche
» Ta douleur ou ton souvenir ?

» Pas même une onde transparente
» Qui te redise ta beauté !
» Des blanches perles de l'été
» Pas une goutte bienfaisante !

» Pas une compagne, une sœur
» Qui te cherche ou qui te sourie !
» Et te créant une patrie
» Te dévoile ton propre cœur !

» Toujours la nuit, jamais d'aurore,
» De jour brillant ni de beau soir ;
» Jamais d'étoiles, doux espoir
» D'un jour plus radieux encore !

» Pour toi, les airs n'ont pas de ciel,
» Sans baisers le papillon vole...
» Sur ta ravissante corolle
» L'abeille ne prend pas son miel !

» D'un sourire jamais charmée...
» Jamais l'écho de ton soupir
» N'a su te faire tressaillir !
» Tu vis et meurs sans être aimée. »

« — Celui dont la grâce est partout
» Et qui m'a mise sur la terre
» Au fond du ravin solitaire,
» Je n'ai que lui... Mais lui, c'est tout !

» J'ai sa beauté, j'ai sa lumière,
» Sa grandeur, sa vie et son jour,
» Sa félicité, son amour,
» Quand il a mon humble prière.

» A lui seul, il veut m'allier...
» Que sa grandeur seule j'atteste,
» Afin qu'à la voûte céleste
» Monte mon parfum tout entier. »

LE HÊTRE.

Tirée de Lamenais.

Un hêtre était monté d'une grandeur immense,
Son front parvenait jusqu'aux cieux ;
Au-dessous, la terre en souffrance
Ne produisait point d'herbe et sur son sol crayeux
On ne voyait la moindre plante.
Pourtant un chêne rabougri
Sortit du pied sa tête languissante.
Le hêtre, en son cœur attendri,
Écarta sa puissante branche
Pour lui donner l'air, le soleil ;
Avec un élan sans pareil,
Le chêne reprit sa revanche
Et menaçait son protecteur.
« Ah ! tu veux m'étouffer !... Rentre dans la poussière,
» Dit le hêtre à son tour. Sois frappé jusqu'au cœur !
» Tu tournes contre moi mes bienfaits, ma lumière !
» Trouve sous mon couvert le jour tant recherché. »
Le chêne tomba desséché.

Il faut punir l'ingratitude
Des crimes le plus odieux.
Du puissant la sollicitude
Est le second pouvoir des cieux.

LE CAILLOU ET LE GLAND.

A L*** N***.

« Moi, je suis le caillou, je date de la terre
» Ma naissance et ne crains aucun des éléments !
» Grêle, pluie et soleil ou vent, rien ne m'altère.
» Tout vieillit ici-bas, moi je résiste au temps.

» Combien de fois d'en haut la céleste rosée
» Essaya-t-elle en vain de m'attendrir le cœur ;
» Mais tous ses grands efforts ne furent que risée,
» J'ai triomphé du fort et vaincu la douceur.

» Quel est donc ce voisin de chétive apparence
» Qui paraît né d'hier et va bientôt mourir ?
» C'est un gland ! vil rebut ! du porc maigre pitance,
» Délices du grouin tu devrais en rougir !... »

Le gland sentit l'affront et sa douleur muette
Ne rendit pas le trait qui le mordait au cœur ;
Mais quelque temps après d'un chêne on vit la tête
Qui paraissait des cieux percer la profondeur.

Sublime monument ! de la pauvre enveloppe
De l'insulté d'hier, ce chêne était sorti ;
Avec quelle vigueur la sève développe
De son sein généreux le trésor englouti.

De ses branches au loin, il étendait l'ombrage
Et devenait l'abri de familles d'oiseaux,
Qui, par leurs gais concerts, harmonieux ramage,
Exaltaient leur bonheur sous ses puissants arceaux.

Bientôt de la forêt il devint la merveille !
On vint de tous côtés le voir et l'admirer,
Et l'on foulait aux pieds le caillou qui, la veille,
S'était donné le droit de tant le mépriser.

L'arbre était couronné de rayons et de flamme,
Sa gloire s'épanchait par les plus doux bienfaits ;
Il protégeait le faible, à Dieu portait son âme...
Mais depuis ce moment les cailloux sont muets.

LA TAUPE.

Lasse de son séjour obscur et solitaire,
  Voulant vivre en société,
  La taupe un jour sortit de terre.
  Le chat fut d'abord consulté :
  « Si tu tiens à notre alliance,
» Lui dit le chat, il faudra comme nous
» Poursuivre les souris, les rats avec outrance...
  » C'est notre plaisir le plus doux. »
« — Je n'aime pas la chasse et ne suis point agile,
» Voyons parmi les rats si je trouverai mieux. »
  Le rat lui dit : « Taupe, as-tu de bons yeux ?
» Serais-tu dans l'attaque ou la retraite habile ?
  » Peux-tu ronger à belle dents
  » Le piège ou trappe des méchants ?
» Sous les feux ennemis ramasser ce qui traîne ?
» Mais dans la paix au bal nous nous amusons bien. »
  « — Danser me donne la migraine
» Et ma vue est très-faible ! Allons voir si le chien
  » Sera d'humeur plus sympathique. »
« — Il te faut, dit le chien, la vertu domestique.
» A ton maître obéir, surveiller le logis,
» Reconnaître un intru des serviteurs amis,
» Avec fidélité, vigilance et tendresse
» Bien servir celui qui te nourrit, te caresse
» Et bien l'aimer surtout. » — « Moi, je n'ai pas de cœur ;
» Nous n'aimons rien toutes tant que nous sommes
» Et je me déplairais d'être si près des hommes.

» J'irais bien des oiseaux demander la faveur
 » Si je n'avais en grippe la musique...
» Elle prend sur mes nerfs, c'est un supplice unique. »
  « — Eh bien ! ma chère, dit le chien,
 » Rentre sous terre et tu feras fort bien.
  » Tu ne pourrais comme l'abeille
  » Butiner sur le sein des fleurs,
  » Comme la phalène vermeille
  » Briller par tes belles couleurs,
  » Ni voler comme la bécasse.
  » Le plaisir des autres t'agace
» Et tu n'as dans le cœur que sentiments ingrats !
» Retourne dans ton trou, c'est ta meilleure place...
 » Taupe tu fus, et taupe tu seras. »

  Connaissez-vous des gens semblables ?
 Rien ne leur plaît ! ni talent, ni beauté,
Ni travail, ni devoir, ni plaisir, ni gaîté.
  Ces caractères détestables
   On les laisse de côté.

L'AIGLE ET LES CANARDS.

Par je ne sais quel miracle,
Un aigle était sorti d'un troupeau de canards ;
Il s'échappe... et son vol sait vaincre tout obstacle...
Sa famille le suit dans les airs aux hasards.
Mais la mort le surprit et douze aiglons bien jeunes
Avaient à supporter la faim, la soif, les jeûnes...
La paternelle mare était un aliment
Pour substanter leur force et ranimer leur aile.
Que firent les canards, le croyez-vous vraiment ?
Eurent-ils d'un caillou la petite étincelle ?
Ils prirent tout pour eux, chassèrent les aiglons.
« Voyez, leur dirent-ils, tous nos droits sont fort bons...
          » Pour nous, tout n'est que cette fange,
» Nous barbottons sans âme et nous trouvons heureux.
» Allez donc jusqu'au ciel, parvenez jusqu'à l'ange !
» Si vous mourez en route, est-ce bien malheureux ?
» — Ho ! dirent les aiglons, restez dans votre mare,
» Le pain des orphelins ne porte pas bonheur !
» En vain, nous prierons Dieu... Pour vous c'est une tare. »
Les canards sont restés sans ailes et sans cœur.

LES DEUX AMIS.

A J*** C***.

Deux vrais amis vivaient, point aux confins du monde,
Mais sur ce sol béni, terre de nos aïeux ;
Ils avaient mêmes goûts, aptitude féconde
Pour rechercher le bien, le travail et les cieux.
Mais pour eux le destin devait être contraire,
Par les événements ils furent séparés :
L'un eut déception, des chagrins, la misère ;
L'autre gloire et succès, bonheur, palais dorés.
Le premier se disait : « De mon humble fortune,
» Je ne veux point troubler sa paix et sa splendeur ;
» Si l'amitié pour lui devenait importune,
» J'aurais mon coup de grâce et mourrais de douleur. »
Mais le puissant trouva cette sœur de son âme,
Le succès n'avait point étouffé cette flamme
Qui soutient ici-bas et qu'on retrouve au ciel.
A son ami dit-il : « Ingrat ! toute ma vie,
» Je cherchais au travers de ces biens qu'on m'envie
» De ton fidèle cœur le lien éternel.
» Serait-il rien pour moi qui le brise ou l'altère !
» Mon bras est ton appui. C'est le plus fort des deux.
» Quand on aurait perdu tous les biens de la terre,
» Si l'amitié nous reste, on est encore heureux. »

LA DOUCEUR.

A Mlle Éva Paland.

« Je suis perdu... baie ! baie !
» Tout seul, loin du troupeau. »
Ainsi sous une haie
Gémissait un agneau.

Tout proche la ramée
D'une sombre forêt ,
Une louve affamée
Découvrit le pauvret.

« Ah ! dit l'agneau, de grâce !
» Ne me dévore pas !
» Pour ta faim si vorace,
» C'est un maigre repas.

» Je suis loin de ma mère
» Mort de faim à moitié,
» De ma douleur amère,
» Mousieur loup, prends pitié ! »

A cette voix si douce
Le féroce animal ,
Quoique la faim le pousse
Ne lui fit pas de mal.

Et la louve attendrie
Par son cruel souci,
Lui conserva la vie...
Elle était mère aussi !

Cette bête cruelle
Comme à son louveteau ,
Présenta la mamelle
Au malheureux agneau.

Petite Éva charmante ,
Ton exquise douceur
Fléchit l'âme méchante ,
Rend bon le mauvais cœur.

L'HUMILITÉ.

A Mlle MARIE PALAND.

Jeanne, l'humble bergère,
Gardait son blanc troupeau
Et de sa main légère
Agitait son fuseau.

Tout à coup du nuage
Un bel ange des cieux
Lui portant un message
Apparaît à ses yeux.

« Va, lui dit-il, la France
» Court le plus grand danger ;
» Dieu veut par ta vaillance,
» Par ton bras la venger. »

Soumise, elle se livre
A la céleste loi ;
En peu de temps délivre
Sa patrie et son roi.

Très-souvent Dieu confie
Sa grande mission
A l'humble qui le prie
Avec soumission ;

Relève le brin d'herbe
Et se rit de l'effort
De l'orgueilleux superbe !
En lui seul on est fort.

ÉVA,

ROMANCE.

I

La pimpante Bergeronnette
Toujours vive, toujours coquette,
A beau sauter sur les guérets ;
Comme elle, mes pieds ont des ailes,
Et pour cueillir les fleurs nouvelles
Je la devance dans les prés.

REFRAIN.

Franche et rieuse
Mais point boudeuse,
Le cœur content,
Je suis Éva la tapageuse
Et ne suis jamais plus heureuse
Qu'en frappant et carillonnant.

II

Le poisson qui dans l'eau frétille
A beau montrer son front qui brille
En poursuivant les moucherons,
Mieux que lui dans l'air je m'élance
Et sais toujours prendre l'avance
Sur les plus légers papillons.

III

Rien ne me semble doux au monde
Comme une course vagabonde
A travers les fleurs et les blés ;
Casser, briser, parler sans trève,
Oui, vraiment, tel est le beau rêve
Par qui tous mes vœux sont comblés !

A MARIE.

Fragile enfant, en qui je sens vibrer mon cœur,
Si tu n'as pas aussi le destin de la fleur,
Si comme elle, suave et pure, à peine éclose,
Tu dois pour moi survivre au frais bouton de rose,
Quand plus tard, dans un lis pur comme ta beauté,
Tes lèvres puiseront notre félicité,
Si parfois ce bonheur ne remplit pas ton âme,
C'est qu'il en est un autre, enfant, qu'elle réclame,
Que par-delà ce monde on ose convoiter,
Vers qui dans un doux rêve on se laisse emporter.
Ce bonheur idéal, quel est-il?... Je l'ignore.
Mais la mort n'est par lui qu'une nouvelle aurore,
Et celui qui le donne, au-delà du tombeau,
Est l'arbitre éternel et du bien et du beau.
Ah! puisque l'âme aspire à ce sort sans mélange,
Enfant prends ton essor, ouvre tes ailes d'ange,
Et, bercée en l'azur dont tu formas tes yeux,
Cherche le doux Éden qu'on nous promet aux cieux,
En ce monde idéal, que le sage préfère,
Viens, enfant, sans frayeur, viens retrouver ton père !

FIN.

TABLE.

FIN DE LA TABLE.